生のみ生のままで　上

綿矢りさ

集英社文庫

生のみ生のままで　上

青い日差しは肌を灼き、君の瞳も染め上げて、夜も昼にも滑らかな光沢を放つ。静かに呼吸するその肌は、息をのむほど美しく、私は触れることすらできなくて、自らの指をもてあます。

ねえ、君は言ったね。私たちは永遠には生きられない、と。

私はこう返したよね。その通り、私たちは永遠には若くはない、と。

同じことを言ってるつもりだったのに、全然違う意味だったと今なら分かる。

月日は経ってもなお色鮮やかに脳裡に焼きつく君の澄んだ笑い声、密やかな視線、腰の窪みに宿る影。

むしろ一体いつ忘れられる？　今現在こそが思い出のよう。私はまだ君と過ごした短すぎるひとときに、いつまでも瓶詰めされたままだ。


退屈などしていなかった。私は高校のときの一つ上の先輩、丸山颯と社会人になってから付き合い始めて二年経ち、二十五歳のいまお盆休みに秋田へ旅行の予定だった。

湯沢市の巨大ホテルはもとは颯の父親が勤める会社所有のリゾートマンションで、保養所として社員に貸し出していたらしい。しかし今はホテルの経営も不振で、スキーの時季以外はがら空きなのだという。ハイシーズンでも何泊でもできるぞ、社割もきくし、海も近いし、という颯の言葉に魅せられて、同棲している大塚のマンションから湯沢市に向けて約六時間の車の旅に出発したのだった。

たとえ高速に乗っていても私は車の窓を開けるのが好きだ。とはいえ顔のすべてに風がかかるほど全開にすると、颯が冷房がきかないと言って怒るので、上から十センチほどだけ窓を下ろし、後ろへ向かって強く吹く、排気ガスを多分に含んだ爆風を前髪にあてた。

「颯はさ、このスカイホテル湯沢ってとこに、何回ぐらい行ったことがあるの」

「子どものころは数えきれないくらい。うちの家族が一室借りていたころには、夏休みも冬休みも必ず行ってたな。特に親父がスキー好きだったから、冬は必須」

運転中の颯が真後ろの後部座席に座る私に聞こえるよう、やや大きめの声で話す。暑さのせいで捲り上げている、白いTシャツの腕の露出が私には眩しかった。力の入っていない運転中でさえ腕の筋肉がしっかり盛り上がって、そこから続く肩の隆起も、太く逞しい首に一つある黒子も、短く刈り込んだ黒々した剛い毛髪も、すべて後ろから眺める私の目に快かった。

「で、夏は海水浴できるんでしょ。人気出そうだけどね、なんで廃れたのかな、いっぱいお客来そうなのに」

「あのさ、海に関しては言わなきゃいけないことがある」

一旦言葉を止めると颯は気まずそうに、

「お前オーシャンビューとか期待してない？」

「そこまでは思ってないよ、海は部屋から見えるほどは近くないでしょ。ホテルのホームページにも部屋からの眺めについては山のことしか書いてなかったしさ。でも車で小一時間の距離に日荘マリーナって海水浴場があるんでしょ？　そこ行けばいい」

「いや、あれはちょっとホテル側が盛ってる。もともとスキー客をターゲットに作られたホテルだから、だいぶ山を登った場所に立ってるんだよ。その分景色は良い、スカイホテルってくらいだからな、空と山は満喫できる。でもな、海は山から、車で下らなきゃいけないんだけど、すごい悪路で対向車とすれ違えないほど狭いんだ。霧も出やすいし夜は真っ暗だし、バスも通ってない。子どものころ一度家族で海岸目指したことがあったけど、親父の運転だと死ぬかと思ったよ、カーブも多いしな。もちろん俺の運転なら山なんか楽勝で下れるけど、毎日は無理かも。特に二日酔いの日は絶対に吐く自信ある」

「本気で言ってんの!?　じゃあ四泊もして、一体何して遊ぶのよ」

「それは、温泉とか、テニスとか。あ、卓球場もあるし子どものころは家族と部屋でトランプもしたなぁ」

「私たち二人だけでトランプやって何が楽しいの？　まぁいいや、とりあえず人の来ない理由は分かった」

私はため息と共にシートの背にもたれかかった。せっかく買ったラルフローレンのブラックのワンピース水着、今季は一度くらいしか着られないかもしれない。ビキニタイプが主流のなか、ワンピースタイプを何日も懸命に探して、ようやく素敵なのを見つけられたのに。

「じゃあプールで泳ごうよ。一応リゾートホテルのくくりなんだから、プールぐらいあるでしょ」

「プールも施設としては屋外にも屋内にも立派なのがあるんだけど、なにしろ客が来ないから、俺が中学生くらいのときから水を張らなくなったんじゃないかな」

「なにそれ。まったくやる気を感じない」

「やる気とかの問題じゃなくて、経営難のせいだ」

隣の追い越し車線を走るミニバンが軽すぎる車体のせいで道路を滑ってゆくのを止められないかのようなすごいスピードで私たちの車を抜き、窓からの風圧で思わず目をつぶった。

「びっくりした！　飛ばし過ぎでしょ、あれ」

颯は少し肩をすくめただけで、文句を言うわけでも、自分が速度を上げるでもない。

「あんなに急いでどこに行くんだろうね」

「仕事で遅刻でもしそうなんじゃないか。きっと営業車だろ、あれ」

車の運転だけでなく日常生活においても、彼は逞しい身体つきをしているからちょっと凄めばおそらく大抵の場所で幅を利かすことができるはずだが、〝危険にはまず近寄らないのが大切だ。どうしても遭遇してしまったときはできるだけ逃げるか穏便に解決しろ〟と常に私にアドバイスするほど、自分自身も余計な争いごとに巻き込まれることを徹底的に避けていた。しかしどうしても避けられないときが来たらこの人ほど頼れる人はいないだろうなというのを、私はいままでの付き合った歳月のなかでよく知っている。そういうところも、本当に好きだ。

　私がレモンキャンディの袋を開けて、黄色い中身を彼の顔の側へ持ってゆくと、彼は舌を伸ばして飴を受け取り、美味しそうに舐めた。

　颯が別の人と付き合って、そしてまた私も別の人と付き合っているときも、高校のときの憧れの先輩として、変わらず彼は私の胸のなかに居座ったままだった。大学卒業後に開かれた久しぶりの高校バスケ部の飲み会で、彼が二次会でも三次会でも私の隣に座り続けたとき、私はどれだけ嬉しかっただろう。

二次会の会場だった居酒屋の座敷の砂壁にもたれて、ビールのグラスを持って酔った彼は冗談ぽく私に恋人がいるかどうか訊き、私が最近別れたところだと話すと、自分もそうだと答えた。そのとき彼の顔から首までがアルコールのせいで赤く染まっていたが、後日彼はあのとき自分はまったく酔っぱらってなかったと言った。三次会のジャズカフェの二階にあるテラス席では彼はもう私の手を握っていて、利き手ではない左手で瓶のコロナを直飲みしていた。

ジャズの音楽と客のしゃべり声の交じった店の喧騒と、埃っぽい室外機の稼働音と、外の四車線道路を走る車の走行音が耳を覆い、ほとんど話ができなかったが、颯の骨太のがっしりした手が時折力を込めて私の手を握る度に、私はどんな言葉を聞くよりも深い恋へ落ちていった。同じテーブルで顔を上気させて大声でしゃべり、笑い合うかつての部活仲間たちはその表情も関係性も当時とまったく変わっていなくて、あのころはほとんど口もきけず遠くから盗み見るだけしかできなかった丸山先輩と今は手を繋いでいることが、信じられず夢のようだった。

山を登った末に眼前に現れたホテルは想像よりも大きな造りで、深い山林に囲まれて唐突にそびえ立っていた。十階建てくらいの簡素な外見をした建物で元は白いはずだが薄汚れていた。颯の説明によれば冬にはこのホテルの裏手にあるスキー場に雪が降り積もり、チェックイン後にすぐに滑れる距離の近さが魅力らしいが、あいにく今は夏だから一面の銀世界も頭で想像するしかない。駐車場は都会ではまずあり得ないほど広大な割に、停まっている車はまばらだ。

人気の無い天井の高いロビーでチェックインを済ませ、六階の客室に上がると、確かに景色は良くて渓谷と薄い雲のたなびく青空を一望できた。客室はホテルというより広めのファミリーマンションの一室そのもので、トイレもバスルームもキッチンも揃い、リビングとベッドルーム、畳部屋まであった。颯が子どものころにオープンしたというから、もう二十年以上経過していることになり、壁は黄ばみ内装のセンスも懐かしかったが、広々使えて、これなら長く室内に居てものんびりできそうだ。

私と颯は座り皺の寄った大きな臙脂のレザー張りのソファにくっついて寝転び、一寝入りしてから備え付けの浴衣を着て大浴場へ向かった。陽は暮れかけて廊下の窓の向こうは暗がりに沈んだ山の木々が迫力を増し、省エネ対策のためか長く続く廊下は光源が少なく薄暗い。地下へ降りるとさらに暗く、自動販売機の明かりにさえほっとする状況で颯にしがみつきながら歩いていると、突然、突き当たりに座っている人影がぼんやりと見えた。

「なにあれ？　展示の蠟人形とかじゃないよね、客かな。でも、だとしたらなんであんなとこ座ってるの。恐いんだけど」

颯に囁(ささや)いたものの、彼が何も答えずに歩くので、腕にしがみついたまま引きずられていったら、人影は小太りの中年男性で、ポロシャツに赤い腕章をつけていた。

「温泉はこちらです、どうぞ」

男性はにこやかに座ったまま廊下の奥を手で示し、私たちは会釈して通り過ぎる。

「あの係員さん、なんのためにあの場所にいるんだろ。案内板出てるからあっちが温泉てことくらい分かるよね」

「さあ、退職後の再就職なんじゃないの」

颯の父親の勤め先は有名な企業だ。見せしめの左遷でなければ良いのだが。颯はのんきに七時に休憩スペースで待ち合わせなー、などと言っている。そのあと広い宴会場で御膳(おぜん)を食べたときも、朝になってレストランのバイキングに行ったときも、ここに人が必要か？　という謎の配置で案内係が出没して、全員が中高年で結構暇そうだったから、私は彼らの雇用形態が気になった。初めは左遷かと思ったが、顔つきがのんびりとして明るいので、颯の言う通り退職後の再就職とかで、自然のなかでゆっくり羽を伸ばしている優雅な身分なのかもしれない。スカイホテル湯沢は全室客室になった今でも、ほのかに社員の保養に使われていたころの名残りがあって、ロビーに浴衣姿の社員たちの集合写真が年代ごとに飾ってあったり、卓球場のラケットにはひらがなで男の子の名前が書いてあったりした。保養所というものに縁なく過ごしてきた私にとって、公と私が入り交じった不思議な空間だった。

二日目は颯の決死の山中ドライブで海に着いたあと、たくさんの海水浴客に交じって泳ぎ、三時半にはまたホテルに戻ってきた。駐車場に昨日まで無かった車が何台か停まり、ロビーでは数グループが受付の列に並んでいる。週末をこちらで過ごす予定の客たちがチェックインしているのだろう。ホテルのにぎやかな雰囲気に私は少しほっとした。朝リゾートホテルがあんまり寂れていると活気が無さ過ぎてこちらも張りあいが無い。朝のバイキングでも思ったよりも客がいて、少しもすれ違わないのに結構泊まってたんだと驚いたけど、ホテルが広すぎるから誰も泊まっていないと錯覚しただけだったのだろう。

山道の急なカーブに翻弄されて車酔いし、ロビーのソファに座ってでんぐり返りしそうな胃を休めていたら、颯が急に受付の方へ走って行き、チェックインの順番待ちをしていた一人の男性に声をかけた。女性を連れているその男性は、親しげに話しかけてきた颯をすぐさま認識したようで、打ち解けた笑顔を見せた。彼らはスタイルの良い洗練されたカップルで、家族連れが目につくこのホテルでは浮いてるなと、ソファに座ったまま、さっきまで見るともなく見ていた人たちだった。

遠いから会話は聞こえないが、颯と男性は楽しそうに笑い、肩を叩き合っている。女性の方は颯とは知り合いではないようで、微動だにせずサングラス越しに二人を眺めている。私が挨拶しようと腰を上げたのと、颯がこっちに来いと手招きのジェスチュアをしたのが同時だった。

「逢衣（あい）、偶然すごい懐かしい奴（やつ）に会えちゃったよ。こいつ中西琢磨（なかにしたくま）、俺たち小学生の頃、よくこのホテルで夏休みや冬休み、一緒に遊んだんだ」

「じゃあ幼なじみってこと？」

　顔の輪郭によく似合った黒いフレームの眼鏡をかけた琢磨は、柔和な笑顔で私の言葉に頷（うなず）いた。

「そう言えると思います。僕たちの父親は同じ会社に勤めてて親同士が仲好（なかよ）くて、このホテルが保養所だった中学生の時期まで年一回は必ず会ってたんです」

「ほんと久しぶりだな琢磨、もちろん背とか全然違うけど雰囲気はまったく変わってなかったから、すぐ分かったよ」

「僕もお前が近づいてきた途端に分かったよ、大股でのしのし歩くの、子どもの頃から変わってないな！　ホテルまでの山道を運転してくる間、このホテルの記憶と一緒にお前のことも思い出してたんだ。颯って今はどうしてるのかなーと思ってたら、まさか実際に会うとはね」

「すごい偶然だな。やっぱ琢磨もこの時期になると自然に湯沢来ちゃうよなー」

「うん、もう刷り込みみたいなものだね。夏も冬もとりあえず湯沢保養所行かなきゃって思うもん」

「いまはスカイホテル湯沢だもんな、時の流れを感じるわ」

琢磨は幅広の二重とふっくらとした下瞼が印象的な人で、色は私よりも白く、一見優男風だったが、肩幅はがっしりして長身で手も大きい。パーマなのかゆるくソフトにカールした髪型もよく似合っていて、女性に人気が高いのは間違いなさそうだった。

私は颯の陰に少し隠れながら、彼女然とした微笑みを作って挨拶をした。

「颯の彼女の、南里逢衣です。私たち、あと三泊するので、良かったら一緒に遊んでくださいね」

「ありがとうございます、ぜひ！　僕らもこれから三泊するのでよろしくお願いします」

琢磨は感じの良い爽やかな人だったが、連れの女性はちょっと頭を下げただけでサングラスすら取ろうとしなかった。さくらんぼ色の形の良い唇には愛想笑いさえ浮かんでいない。私は彼女を見なかったことにして笑顔のまま視線をスライドさせ、琢磨に再び向き直った。琢磨の顔も若干強張っている。場を支配している緊張感に一人だけ気づかない颯が、

「琢磨の彼女？　よろしくね！　丸山颯です。夜とか一緒に飲みませんか、俺たちの部

屋に集合して。酒は車に積めるだけ積んで、山ほど持ってきてるから！」

と能天気に挨拶しても、女性は首を少し傾けただけで名前さえ名乗らなかった。颯が特に気にしない様子で再び琢磨と話し始めると、彼女が私に視線を当て上から下まで隅々をチェックしているのが、細かな顎の動きでサングラス越しでも伝わってきた。明らかに見られているのにサングラスのせいで彼女の眼球の動きがこちらには分からない。一方的な視線を浴びるのは居心地が悪かった。

「また部屋でゆっくり話せたらいいね。颯、電話番号変わってない？　あとで連絡するよ」

明らかに連れを気遣っている様子で琢磨は急いでそう言うと、彼女の肩をそっと抱いてチェックインの列に並び直し、私たちは手を振ってその場を離れた。エレベーターを待っている間、そっと振り返ると、疲れてるのに立ち話しちゃってごめん、とでも謝っているのか、琢磨は連れの子にしきりに話しかけている。

「ねえ、一緒に遊ぼうとか誘っちゃったの、まずかったかな」

部屋に向かう途中、私は小声で颯に囁いた。

「なんで？　喜んでたじゃん」

「颯の友達の方はね。でもあの女の人の方は明らかに嫌がってたでしょ、一言もしゃべらなかったじゃない。あれが普通なら、無愛想にも程があるし」

「いきなり話しかけられて、びっくりしたんじゃね？　大丈夫だよ、迷惑なら何かしら理由つけて断ってくるか、そもそも連絡してこないだろうし。そこまで気を回さなくても、あっちも好きなようにやるよ。あと琢磨は温和で性格良いし、そこまで変な女とは付き合わねえと思う」

「分かってないな、性格良い人ほど、いかついのに捕まるんだよ」

気まずくなるなら一緒に飲みたくないなというのが、自分から誘っておいてなんだが、いまの私の正直な気持ちだった。サングラス女の威圧感は半端なく、男同士は昔からの友達だから楽しいかもしれないけど、初対面の私とあの人がどんな会話を展開するのか想像もつかない。気を遣うくらいなら颯と二人で過ごした方が良い。さっきの会話が社交辞令として終わるよう願った。

私は人見知りのタイプではないから、大概の女の人となら初対面でも平気なのだが、あの女性は厄介（やっかい）そうだ。美人に多い、その場にいる全員がちやほやしないと臍（へそ）を曲げてしまう根っからのお姫様体質で、褒めそやさない限りは会話が成立しないタイプかもしれない。でもプライド高そうだからそもそも彼氏以外と一緒に遊ぶとか拒否しそうでもあるな、などと考えていたのに、夜、結局琢磨から電話が来て、二人は私と颯の部屋までやって来た。

私と颯は温泉に入った後なので浴衣を着ていたのに対して、二人はロビーで会ったときと同じ服装のままで、女の人はさすがにサングラスは外していた。

彼女の顔立ちを見ると、まあ高圧的な態度もしょうがない、とある程度は諦めざるを得なかった。私が今までの人生で初めて会うレベルで整っている。大きな猫目はふさふさのまつ毛に縁取られ、唇は口角が薄く吊り上がっている。可憐な顔立ちなのに、弓なりの眉と野心的なきつい眼光のせいで、隠しきれない闘志が垣間見えた。可愛いからと油断していたら、不意を突いて飛び蹴りをかましてきそうな気迫がある。

私は、いらっしゃいとにこやかに中へ招き入れたが胸はざわついていた。まず手を洗いたいと二人が洗面所に入ると、颯も呆気に取られて小声で囁いた。

「琢磨の彼女、すごい美人だったんだな。ていうかあの人、俺どっかで見たことある気するんだけど」

私もそう思っていた。彼女の顔は記憶にあり、名前は覚えていないがテレビで見かけたことがある。とすれば有名人なので、普通なら嬉しいが、相手が気難しいなら話は別だ。ストレスフルな職場から解放された束の間の休暇に、こんなに気を遣わなければいけない事態が待っていたとは。

琢磨と彼女が洗面所から戻ってきた。

「ごめんごめん、さっきの夕食で甘海老を食べてさ、殻を剝いてまだ手がべとついてたから、洗わせてもらったよ。この子は僕の彼女の荘田彩夏（しょうださいか）。ロビーではちゃんと紹介できなくてごめん」

「サイカ！　やっぱりそうだ、週刊誌の表紙で見たことがあるよ。最近はドラマでも見たし、高校生の役やってたよね、なんてドラマかは忘れたけど」

「颯、失礼だよ」

私は彼の浴衣の袖を引っ張った。プライドの高い人は地雷がどこにあるか分からない。

「荘田彩夏です。さっきはちゃんと挨拶できなくてごめんなさい」

意外にも彼女は、今回は頭を下げて挨拶した。常識が無いわけじゃないんだと私はほっとした。

「そう、彩夏は芸能活動してるんだ。去年までは二人でどこへ行っても全然大丈夫だったんだけど、彩夏がドラマに出だしてからは結構人目につくようになって、気を付けなくちゃいけなくなって。僕たち内緒で付き合ってるから」

「じゃあお忍び旅行ってことか？」

「そう、二人で出掛けられたこと自体が久しぶりなんだ」

琢磨は頬を緩ませて嬉しそうに微笑み、その表情で彼がこの旅行を楽しみにしていたことが伝わってきた。彼の笑顔は魅力的で、下瞼の膨らみがよりくっきりと際立って、人懐こい印象になり、大きな瞳はさらに優しげに潤み、彩夏と並んでもまったく不釣り合いではない。

「今日だって彩夏のマンションに記者がいて張られてる可能性もあるから、僕たち一緒に出発することもできなくて、高速のインターの近くで待ち合わせして落ち合ったんだ。人目につくのが恐くて、ロビーではろくに挨拶もできなくて申し訳なかった。お忍びで来てるのにチェックインのときに周りにばれたら、とんぼ返りするはめになる」

「そりゃばれないようにするのが最優先だよな。まあ座って飲みながら、話の続きをゆっくり聞かせてくれ」

私たちはリビングのソファに座り、各々好きな種類の酒を注ぎ乾杯した。緊張気味の私はすぐに手元のクッションを引き寄せて抱いた。

「琢磨はさ、芸能関係の仕事にでもついたわけ？　じゃないとお二人の接点が思いつかないよ」

「いや僕は眼科のクリニックに勤めてる。併設してるコンタクトレンズショップでお客さんの装着の助けなんかもしてるんだけど、二年前その勤め先に彩夏がコンタクトレンズを買いに来たのが出会いのきっかけ。当時の彩夏はまだデビューしてないレッスン生で、僕は彼女のことは当然知らなくて、付き合い始めてから知ったんだ」

「コンタクトレンズを売ってるのに、琢磨さんは眼鏡なんですね」

私がしゃべると、彩夏の視線が矢のように私の顔に突き刺さった。琢磨を苗字ではなく名前で呼んだのは、単に紹介された苗字を忘れてしまったせいだけど、どうやら彼女の気に障ったみたいだ。

「これは伊達眼鏡なんだよ、度が入ってなくてコンタクトをつけてる。一応僕も変装しなきゃいけないかなと思ってかけたんだけど、似合わないよね」

「いえ、全然似合ってるんですが、そうなんですね、眼科で出会って付き合うまでいくって、よっぽど二人の相性が良かったっていうか、惹き合うものがあったんだろうなぁ。とってもお似合いだし！　私も颯も二人のお付き合いのことは、絶対外に漏らしませんから、心配しないでくださいね！」

琢磨は笑顔でありがとう、と返してくれたが、彩夏は横目で冷淡な一瞥を投げて寄越しただけで、ほとんど反応もない。

くそー、こんな人でなければ、私も芸能人と飲めるって、はしゃいだのになぁ。

私はおつまみを用意するのを口実にリビングからキッチンへ逃げ出し、深いため息をついた。彼女が高校生役で出ているドラマは私も颯と共に流し見していたが、笑顔がはじける元気でキュートな役柄で、今目の前にいる彼女とは雲泥の差があった。同じ人間と思えない。それは演技力がすごいというより、強烈な猫かぶりに騙されていただけの気がする。

ビールワイン日本酒ウィスキーチューハイ、酒盛りが始まった。話すうちに女子二人は二十五歳、男子二人はその一つ上だと判明した。山奥のホテルでは気軽に酒屋に行けないし、売店に置いてあるものは割高だから、今回多すぎるほどのお酒を持ってきたのは正解だ。雨が降るなどしてすごく退屈したときに備えて二人では絶対に飲み切れないだろうという量を車に積んできたけど、四人ならちょうど良い。颯も琢磨も飲むピッチが速くて私はせっせとお酒を注ぐのに忙しかった。彼らは幼少時代の昔話で盛り上がり、お互いの家族の近況を訊き合ったりして、心から再会を喜んでいる。二人の会話に頷きながら、私は酒を氷と水で薄めたり、おつまみを皿にあけたりしていたが、その間ずっと隣にいる彩夏からの視線を左頰に感じていた。

颯と琢磨が酔い醒ましに連れだってベランダに出たとき、私はさすがに絶え間ない視線を無視することができず、スパークリングワインを片手にこちらを静かに見つめている彼女と、真正面から目を合わせた。

「あの、どこかでお会いしたことありましたっけ？」

丁寧だけど若干棘を含んだ私の言葉に彩夏は視線を外し、グラスを傾けてワインを一口飲んだ。

「ないでしょ。少なくとも私は記憶にない」

私だって記憶にない！

不用意な質問を発したせいで自分が、テレビとかで見かけただけのくせに会ったことがあると勘違いしている人みたいになって口惜しい。

「さっきからさ、別に酌なんてしなくたっていいんじゃない。全員ほとんど同じ年なんだし」

彼女が軽く言ったその一言に、今まさに颯のためにウィスキーのソーダ割りを作っていた私は恥ずかしくて顔も上げられなかった。颯への媚を見透かされた。私が彼に気に入られたいがために飲み物やおつまみに気を配ったり、会話にも出しゃばりすぎず控えめに微笑む程度に留めたりするのを見破られていた。もともとそんなしおらしい性格でもないくせに。ハイボールのグラスをテーブルに置き俯いていると、少しの間のあと彩夏が私のグラスにチューハイを注いだ。

颯と琢磨がベランダから戻ってきて、以降私と彩夏は一つも言葉を交わさず、男性たちの会話を聞いて笑ったり時々口を挟んだりするくらいで飲み会は終わった。

琢磨と彩夏が帰っていったあと、私は重だるい疲れに圧倒されてソファに突っ伏した。結構飲んだのに緊張のせいか気分が悪くなるだけで、ちっとも酔えていない。

「あー疲れた。荘田彩夏ってあんな子なんだね、普通に会ったら絶対に友達になりたくないタイプだわ。同い年とは思えない威圧感」

「そうか？　俺は何も感じなかったぞ。無口なだけで良い子じゃん、酒も強くて何杯も飲んで楽しそうだったし。お前の考えすぎだよ」

「えーそうかな、普通は女同士が初対面だったら和むまで世間話とかするもんだけど、あの子は私のことをじろじろ見るか、牽制してくるかばっかりで」

「確かにお前のこと見てたなぁ、でもそれは関心があるってことじゃねえの。口下手なんだよ。あと根暗っていうか影があるよなあの子は」

あの不遜な態度を根暗だなんて、男はやっぱり美人には採点が甘くなる。揉めたくないから否定しなかったけれど私は彼女をそんな風には受け入れられなかった。彩夏の颯への態度は普通でも、私への態度は相当当たりがきつい。私が琢磨を狙っているとでも思っているのだろうか。もしくは同じ場に居る同性はとりあえず全員蹴落としてゆくのが、彼女のスタイルなのだろうか。

「琢磨もよく考えたな、このホテルなら東京からも遠いし客も少ないし山の中だし、密会には絶好の場所だ」

「うん、琢磨さんにとっては馴染みの場所だから使い勝手も良いだろうしね。あの二人の組み合わせ、意外だけどお似合いだよね。性格が正反対そうなのに息が合ってるっていうか」

「琢磨は優しいから尻に敷かれてるんだろうな」

「敷かれてそう！　心底惚れてるって感じだったから、そこ利用されていいようにこき使われてそう！」

私たちは彼らの私生活を想像して笑った。

「今日はありがとな。飲んでるときお前が気を利かせて色々動いてくれたから、俺も鼻が高かったよ。きゅうりをチーズとか生ハムで巻いたつまみ、あれ美味しかった。旅先でもあんなのさっと作れるのは、なんかいいよなぁ」

颯の褒め言葉に私は先ほどの彩夏の言葉を思い出して苦笑いした。

約二年間颯と付き合い、そのうち一年間は同棲しながらも、憧れていた期間が長すぎたからか、私は彼の前で素の自分でいるのが難しかった。つい彼の好きなタイプの女性でいようと振る舞ってしまう。颯も気づかないわけではないらしく、高校の頃の私もちゃんと覚えている彼は、逢衣は昔とはだいぶキャラが違うじゃないかとからかったりした。颯は私が元の性格のままあっけらかんと振る舞っても、興ざめしたり不満を持ったりする性格ではないのは分かっていたけど、嫌われるのが恐い。

「いくら顔が可愛くても、俺は彩夏さんみたいに無愛想で、でーんと座ったままの女の子より、逢衣みたいにニコニコして気配りができるタイプの方が好きだな」

颯が優しさから言ってくれているのは十分分かっていたが、私は上手(うま)く笑えなかった。

酔いに染まった彼の重く熱い手が私の方へ伸びてくる。

飲み会の終盤、一緒に海へ行こうと話が盛り上がったので、くだんのカップルは早朝に再び私たちの部屋を訪れた。昨夜、部屋に帰って琢磨と二人きりになったら、きっと彩夏が〝明日は二人で過ごしたい〟と反対すると思っていたのに、意外だった。まだ眠っていた私と颯は海水浴の準備すらしていなかったので、あわててバスタオルや日焼け止めをナップザックに詰め込んだ。浴室乾燥で干していた二日連続登板の水着は若干湿っていたが、これしか無いので持っていくしかない。

みんなで朝食のバイキングに行ったあと、起き抜けでしかも二日酔いで頭が朦朧(もうろう)としていた私と颯は、すっかり酒は抜けてしゃっきりしている琢磨に車の運転を任せて、ホテルを出発した。車では彩夏がてっきり助手席に座ると思ったのに颯が助手席、彼女は後部シートで私と隣り合わせだった。

何これ……と思ったが、彩夏がいち早く後ろに乗り込んだので仕方ない。私が琢磨の隣の助手席に座れば、もっとおかしな並びになる。私も助手席よりも後部の方がブレーキの負荷を感じにくいので好きだけど、こういうときはカップル同士で並ぶのが普通ではないだろうか。

途中ガソリンスタンドに寄り給油の間、颯と琢磨がトイレのために外へ出てしまい、狭い車内に私たちだけが取り残された。また彩夏と二人きりのシチュエーションだ。これから海で一緒に遊ぶことを考えて、私は無理やり笑顔を作り、できる限り明るいトーンで話しかけた。

「彩夏さんは海とかよく行くんですか？　あ、有名人ですぐ気づかれるから行けないよね、その点、今から行く戸潟（とがた）海水浴場は良いですよ、小さめのビーチでアクセスも良くないから、ほとんど人が来なくて穴場だって、観光ガイドの本に書いてありました。昨日私たちが行った日荘マリーナ海水浴場は、ホテルからまあまあ近いのはいいんですけど、やっぱりお客さんは多かったから、戸潟の方が彩夏さんはくつろげそうですね」

「気まずいからって無理にしゃべらなくてもいいよ。逆に疲れるでしょ」

はあ、そうですか。確かにあなたの言う通りですね。それではこの旅行が終われば二度と会わない者同士、存分に好きに無言で過ごしましょう。ていうか私たち同い年なのに、私は敬語、あんたはタメ口。いくらこっちが素人（しろうと）だからって、ナメないでくれる？

ぐいと彩夏から顔を背けると、窓を拭いているガソリンスタンドの店員とモロに目が合ったが、そっちの方が数段ましな景色だった。

戸潟海水浴場は駅から相当離れた、車でしか来られない立地なのが幸いして客が少なく、私たちはほとんどプライベートビーチの気分で海を満喫することができた。彩夏の水着の色も黒で、しまったと思ったが、彼女はビキニで私はワンピースだったので、形まで丸かぶりでない分助かったと思うことにした。海ではカップルごとに分かれて過ごせたので、私と颯はゴーグルをつけて岩づたいに泳ぎ、岩陰に隠れている魚を眺めたりして、ようやく開放的な気分を満喫した。

立ち泳ぎに疲れた私は岩の表面を手で摑みながら浜へ戻ってゆく颯の逞しい肩に腕を巻きつかせて、後ろからコバンザメのように彼の背中にくっついていた。波は顎のすぐ下でちゃぷちゃぷ鳴り、冷たい海のなかで、海面から露出した彼の肩の体温と、私の息だけが熱い。軽く開けた唇の間から時折海水の滴が入り込み、少し塩辛い。目の前では彼の特徴的な少し尖った耳が、動物が耳を澄ましているときみたいにぴんと立っている。彼はいつも短髪にしているので、横に張り出した耳がカンガルーみたいだと指摘した子が高校のとき同じ部に居たけど、私はむしろその立ち耳がふてぶてしく雄々しい彼の魅力を引き立てているようで好きだった。真っ直ぐ前を向いて波間を進む、削ぎ落としたような頬や奥二重に大きな黒い瞳も精悍だ。

琢磨は人目を逃れて周りを気にせずに彩夏と一緒に過ごせるのがよほど嬉しいのか、終始笑顔で彩夏の手を引いて海へ入って行ったり、波間に隠れてキスしたりと積極的だ。颯が指笛を吹いて冷やかした。水着になった彩夏はちょっとびっくりするくらい痩せていて、腰の位置が高く、胸だけが豊かに盛り上がっていて、なんらかの加工をしているのか、もしくはもともとそれぐらいの身体の持ち主でないと彼女のような職につけないのか、私には判別がつかなかった。

泳ぎ疲れた私たちは車に積んできたパラソルの下に集まり、来る途中コンビニで買った昼食をとった。サンドイッチやカップ麺、コーラといったお世辞にも豪華とは言えない食事だったが、ビーチタオルにくるまれて海を眺めながら食べる、魔法瓶に詰めたお湯で作ったカップ麺は、チープな味ながらとても美味しかった。プラスチックのフォークで食べたそれはチリ味で麺が縮れ、熱くて辛くてカニのエキスの旨味がきいている。

予報だと雨が降るのは夕方以降だと言っていたのに天気が急に怪しくなり始め、厚い雲が海上を覆い、ぱらぱらと細かい雨が降り出した。私たちはレジャーシートを畳んでパラソルを抜き、車へと戻り、今度は颯の運転で出発したが、たちまち大きい雨粒がフロントガラスをたたき始め、せわしなく動くワイパーの仕事を増やした。

「結構降ってきたな。山道大丈夫かな」

戸潟は昨日の日荘マリーナより遠く、ホテルまで一時間半程度はかかる。山に入る前の下道を走っている時点で雨は豪雨に変わり、やっと山道に入ったころには大きく重たい雨脚が車を包み、視界は白く煙ってきた。

「この先カーブだらけになるよな。危険だから一旦引き返すか？」

苦戦しながらハンドルを切る颯の提案に、行きの道のりを思い出した私は頷いた。

「うん、一旦戸潟に戻ろう」

「でも戸潟にも何も無かったよな、コンビニさえ見かけなかった。天気予報では雨は一晩中降るって言ってた。雨が止むのを待ってたら最悪ホテルに帰れないか、帰れても今より暗い山道を通らなきゃいけなくなるんじゃないか？」

琢磨の意見ももっともだ。戸潟には海と民家しか無く、雨宿りできそうな場所や売店、レストランのある小さな町に辿り着くにはビーチの先の山をまた一つ越えなければいけない。颯が肩を動かして筋肉をほぐし、気合を入れ直した。

「仕方ない、とりあえずホテルへ向かおう。雨がひどくなりすぎたら、路肩に停車して休むよ。行こう」

「運転代わろうか」

助手席で琢磨が腰を浮かす。

「いや、大丈夫だ。まだ視界は広いし、道路もアスファルトだから。カーブはブレーキきかせながらゆっくり進むよ」

土砂降りの雨が車に叩きつけるなか、颯は慎重なハンドルさばきで黙々と車を走らせる。琢磨は折々に、もう少し内側に寄った方が良いと忠告したり、いいぞその調子、と励ましたりした。私よりも颯のアシストが上手い。彩夏は黙っていたが、心配する風でもなく表情も変えず、雨が斜めに降っている窓の外を眺めている。

ワイパーも意味がないほどの雨がフロントガラスを叩き、ほとんど洗車状態のなか、本来なら景色がいいはずの崖上のヘアピンカーブの地点も何も見えず、颯はスピードを落としてなんとか無事に曲がりきった。いくつものの危ないカーブをクリアしてようやく下り道になり、しかしあともう少しでホテルというところ、アスファルトの道路から未舗装のホテルの私道に切り替わった途端、道の泥濘にタイヤがはまり、スタックした。

あと五分も走ればホテルに到着、という地点でのトラブルだ。私たちは全員びしょ濡れになりながら泥濘に足首まで埋めて力の限り車を押してみたが、タイヤが空転して、車はびくともしない。海で心ゆくまで泳いだ直後のこと、すぐに肉体は疲労し、さらに冷たい雨が体温を急速に奪った。

「くっそ、後ろのタイヤがどうしても動かないな。誰か人を呼んでくるしかないな。もうすぐの距離だし、俺ホテルに行ってくるよ」

「僕も一緒に行くよ。二人は待ってて。近くって言ってもこの雨だ、もし途中で迷うと良くない」

私と彩夏も一緒に行ければ良かったが、傘を差しても意味がないほどの豪雨のなか、泥濘に足を突っ込んで歩くのはあまりにも大変そうだった。幸運なことに車からすぐの位置に、ホテル専用のバーベキュー広場があり、屋根ありの炊事場を見つけた私と彩夏は、とりあえずそこに待機して、激しい雨のなかを駆けてゆく颯と琢磨を見送った。彼らはさすがに足が速くあっという間に姿が見えなくなった。

バーベキュー広場は丸太の屋根の広いスペースで、三つの火おこし場と木製のテーブルセットがある。後ろは森で生い茂った緑は薄暗く、私たち以外無人なのは少し恐かったが、雨は完全にしのげた。濡れた草と土の匂いが濃く立ちこめている。

「大変な目に遭ったね。ついさっきまで海で泳いでたなんて信じられない。すぐホテルに戻って仮眠できると思ってたのにな」

　雨に濡れないよう抱きしめて持ってきたバスタオルで髪を拭きつつ、笑いながら彩夏に話しかけると、彼女はさっきまでは浮かべていなかった恐怖の表情で顔が凍りついている。熊でもいるのかと彼女の視線の先を追ったが、バーベキュー用の木製テーブルが雨粒に叩かれているだけで、特に何もない。

「雷が鳴ってる」

　耳を澄ませば雷鳴が聞こえ、空には血管が浮き出るように稲妻が走った。雨にばかり気を取られていて気づかなかった。

「本当だ、鳴ってるね。音が小さいから遠くみたいだし、ここは屋根もあるから大丈夫だよ」

　私の言葉に耳を貸さず彩夏は目を大きく見開き稲妻が走った空を見つめ続け、あとずさった。確かにここは屋根付きとはいえ屋外だし、身を隠す場所もないから心理的な不安は大きい。しかし彼女の怯(おび)えぶりは不思議なほどだった。

　私の予想に反し雷は猛スピードで近づいてきて、すぐ近くで雷鳴を轟(とどろ)かせるようになった。車に戻ろうかとも思ったが、また雨のなかを走らなくてはいけないし、車の停まっている林は真っ暗で恐ろしげだった。

突然彩夏は濡れたハイヒールのサンダルとまだ湿っているショートデニムを脱ぎ、二つとも遠くへ放り投げた。気でも狂ったのか、私は思わず持っていた自分のバスタオルを彼女の身体に巻いた。

「どうしたの、服が冷たかったの？」

「私のおじいちゃんは、雷に打たれて死んだの。畑で農作業中に。逢衣さんは知らないでしょ、雷が直撃したら全身すごい火傷なんだよ。誰も雷がどこに落ちるかなんて予想できない。すごい威力だから、打たれたら即死する」

彼女はネックレスも外し、地べたに放り投げた。高価そうなダイヤモンドのトップが土と砂にまみれ、見る影も無い。

「おじいさんの話は分かった。でもさっきからなんで身につけてるものを投げてるの」

「雷は金属に落ちるから。おじいちゃんも持ってた鉈に落ちたんじゃないかってお葬式で噂されてた」

雷についての注意書きを過去にいくつか読んだことのあった私は、それが迷信であることは知っていた。雷は金属に落ちるのではなく、落ちた雷が金属を伝うだけだ。でも今の彩夏には何を言っても無駄な気がする。

雷鳴のシンバルは私たちの真上に近づき、凄まじい轟音を奏でた。彩夏は小さく叫んで私に抱きついた。強くしがみつく彼女の腕は大きく震え、雨か汗で冷たく湿っている。私は彼女の背中に腕を回し、少しでも落ち着くように上から下へ撫(な)でたが、彼女が絶望した表情で凝視しているのは、私のシルバーのピアスだった。

もう、しょうがないな。観念して手を伸ばしてピアスを外しテーブルの上に置き、ついでにジッパーのついているスカートも脱いで、テーブルに向かって放り投げたが、コントロールが悪く地面に落ちた。ああ、泥まみれだ。ブラジャーのホックの金属にも気づいたが、忘れているのか彩夏がつけたままだったので、私も気づかないふりをした。

雷が鳴る度に彼女の雨に濡れた冷たい太腿(ふともも)の外側が、私の温かい太腿の内側に入り込み吸着して張りつく。もうとっくに成人した女二人が野外でショーツ姿で抱き合っている、一体これはなんていう状況なんだろう。雷さえ鳴っていなければ、笑えてくるほど滑稽な姿だ。

私は雨で煙るバーベキュー広場の奥を睨(にら)んだ。あの向こうにはホテルがある。頼むから今は颯たちにはホテルから出て欲しくない。雷雲がほぼ真上にある今の状況で、表を歩くのはあまりにも危険だ。私はテーブルに置いたバッグを探り、中から携帯を取りだした。既に何件も颯からの着信が入っていて、私は〝大丈夫。雷が去ったらここまで来て〟とメッセージを送り、彩夏を安心させるために〝金属〟を再びテーブルの遠くの位置に追いやった。

「でも私、ずっと思ってたの。おじいちゃんが亡くなったあと、次に雷に打たれるのは私なんじゃないかって。本当は、雷に打たれるべきなのは私なんだよ」

　暗い声で囁く彼女の温かい息が私の首筋に当たる。

「子どもだったから、おじいさんが亡くなったのがショックで、そんな風に思っちゃったんだね。仕方ないよ」

「ううん、ママが言ったの、〝次はお前の番だよ〟って。おじいちゃんは好き勝手ばっかりする人だった、お前もそう、だからこのままだと次はお前の番だよって」

「あのね、どの親でも〝悪い子は雷様におへそを取られるよ〟って言って叱るの。私も母親に言われたよ」

　優しい声で話しながら、でも彩夏の場合は少し違うな、と思った。実際に身内が雷で死んでいるのだから、おへそのたとえ話とはレベルが違う。

　再び雷が鳴り響き、彩夏の閉じた瞼がびくびくと引き攣れ、身体から徐々に力が抜けてゆく。私は崩れ落ちそうになっている彼女をかき抱いて、あやすようにゆらゆらと左右に揺らした。

「しっかりして、大丈夫。私たちには絶対に落ちないから」

「なんでそんなこと分かるの」

「あの木に落ちるから。ほら、広場の右の方にひときわ背の高い木が生えてるでしょ。

あの木が避雷針の役目をするから、私たちのいるこの付近は絶対に安全だよ」

私は周辺でもっとも高い杉の木を指差した。そう、雷は高いものに落ちる。もし私たちのいる屋根に落ちても電流は壁を伝うから、中心に立っている私たちは大丈夫なはずだ。多分。

「本当に？　必ず？」

「うん、保証するよ。私たちには落ちない」

「信じる」

意外に力強い言葉が返ってきて思わず彩夏を見つめ直すと、薄い涙の膜が張った大きな瞳はすごく真剣に私の顔を覗き込んでいた。

なぜ懸命に彼女を慰めるかといえば、それは私が私の正気を保つためだ。私まで怖気づいたら間違いなく二人ともパニックになる。落ち着いた声を聞いて安心したいのは彩夏だけでなく私も同じだ。たとえ自分の口から出た言葉でも、耳に入れれば説得力のある響きに変わる。

雷はついに私たちの真上で大演奏会を始めた。激しいフラッシュの直後、雷鳴が轟く、信じられないほど近くで。彩夏でなくても十分恐ろしく身の危険を感じる。私は雷を舐めていた。

「あの高い木に落ちても地面を伝って感電するでしょ。あの木から私たちのいる場所、そんなに離れてないよ」

彩夏の知識は今度は正解だった。確かに落雷を受けた木の下で雨宿りをしていた人間が感電死した例は多い。ここからあの木の距離だと地面を伝って感電する可能性は十分にある。私はついに泣き出した彩夏の頭を抱えて、彼女の濡れている髪の毛に自分の頬をすりつけた。

「じゃあすごい近くで稲妻が光ったら、一緒に跳ぼう。地面に足がついてなければ感電しないでしょ」

なんの根拠もない対処法だったが、彩夏は真剣な表情で頷いた。目の前が白く眩むほどの稲妻が光り、私たちはジャンプした。凄まじい落雷の音に覚悟を決めたが、私も彩夏も普通に地面に着地していた。

とっさに一番高い杉の木を見たが変化はなく、代わりにウィンウィンと警報のサイレンのような、けたたましい音がすぐ近くから聞こえた。見ると林道の泥濘に置いてきた琢磨の車が音の発生源で、サイレンとクラクションを同時に鳴らしながら、ワイパーを激しく動かしている。

「車に落ちたんだ」

彩夏が呟く。彼女が言った通り、雷がどこに落ちるかなんて誰にも予想ができないのだ。雷が去ったあとも、彩夏は私の背に腕を絡ませてしばらく抱きついたまま、私の肩に頭を乗せて息を潜めていた。

颯と琢磨は私のメッセージに従い、雷が去るまではやきもきしながらもホテルで待機し、その後ホテルの従業員二名を引き連れて私たちのもとへ駆けつけた。颯は私に駆け寄った直後は不安そうな目をしていたが、元気なのを確かめると、従業員たちと琢磨と共に車を力の限り押した。彩夏はといえば、あれだけ憔悴していたのに、雷が去ると同時に理性を取り戻し、素早く服を身に着け、何事も無かったかのように琢磨を迎えたのが可笑しかった。

雷の落ちた琢磨の車は防犯装置が作動しただけで、解除すれば警報音も止み故障することもなく、従業員の持ってきた段ボールを敷いて後ろから押しながら発進すると泥濘から脱出した。

海水浴に懲りた私たちは、翌日はひたすらホテル内の施設で過ごした。全員が昨日の騒動で疲れきっていたので、昼過ぎからようやく起き出して、私と颯は夕方過ぎから琢磨と彩夏に合流し、早めの夕食をとったあと四人で卓球をした。初めはトーナメント形式で対戦を組んで琢磨が優勝し、続いてダブルスの試合も行った。グーとパーでペアを決めると、颯と琢磨、私と彩夏に分かれた。

雷の影響で彩夏の別な一面を垣間見ることができた私は、最初の頃と違い、笑顔で普通に話せるようになっていたので、彼女とダブルスを組むのも楽しかった。私たちのチームがリードすると、彼女はほっぺたの裏がちょっと見えるほど口を大きく横に開けた笑顔になった。

「私たち勝てるかもしれないよ！　気合入れていこう」

ハイスピードのスマッシュを決めると、彼女は子どものような澄んだ笑い声を立てて私にハイタッチした。相変わらず私を盗み見るのはやめてほしかったが、それ以外は打ち解けていった。私たちは颯と琢磨のペアに僅差で勝った。


卓球からの流れで自然と温泉も一緒に入ることになり、私たちは女湯と男湯に分かれた。なんとなく予想できていたがやはり脱衣所でも彩夏は服を脱いでいる私をあからさまに見つめていて、私はもう好きなようにしろと諦めて、むしろ堂々と服を脱いだ。

「逢衣って体重何キロあるの」

「普通訊かないでしょ、面と向かって。五十三キロだけど」

呆（あき）れながらも私は本当の体重を答えた。

「ふうん。私四十八キロ。身長は？」

「百六十八センチ」

「ふうん。一緒」

「じゃあ彩夏の方がだいぶ軽いね。良かったね」

「でも逢衣の方がかっこいい身体だね。同じ背なのに脚は私より長いんじゃない？」

私の身体を見てどうせ〝勝ったな〟とか思ってるんだろうと思っていたから、意外だった。

「どうかな。同じくらいだと思うけど」

「背中や肩のラインが真っ直ぐで綺麗（きれい）だね。ヨガとかやってるの」

彼女の手が私の肩甲骨の辺りを撫でて、ぎくりとする。

「やってない」

全裸の相手を褒めるなど、彼女の世界では普通にあることなのかもしれないが私は居心地が悪かったので、逃げるようにして浴場へ移動した。

各自身体を洗ったあと、連れ立って露天風呂へ続くガラスの引き戸を開けた。山の斜面を段々に切り崩して四種類の風呂を作った、ダイナミックで野趣溢（あふ）れる露天風呂だ。外気の冷たさに肩をすくめながらも、一つ一つの湯の温度を確かめて、石の階段を上り一番上の湯に浸（つ）かる。風呂が下になるにつれてぬるくなっていく仕組みだった。だから一番上の風呂はほとんど源泉かと思うほど熱く、熱めの風呂が好きな私は血流がぐんと盛んになる体感に喜んだが、熱いのが苦手という彩夏はすぐに上がりたがった。

「そろそろ移動しない？」

彩夏は一番下にある白濁色の〝絹の湯〟を指差した。

「行ってきなよ。私は生のままのお湯が好きだから」

「じゃあ私ももう少し」

見上げると、丸太で作った風呂の屋根に向かって白い湯煙が絶え間なく上がっている。灰色と紺の混ざった完全に暮れる寸前の空よりも、山の斜面に繁る木々の方が先に夜の闇を連れてきていたので、空をバックにして枝や葉が影絵のように見えた。

「身長同じなのは意外。私の方が高いと思ってた」

当然のように言う彩夏に少しかちんとくる。

「なんでそう思えるの？　ずっと目線同じくらいだったじゃない」

「そうだっけ？　でも確かに雷のとき抱き合って、同じ背丈だったね私たち。ねえ、私あのとき感動した。途中まですごく恐かったんだけど、逢衣が〝私たちには絶対に落ちない〟ってはっきり言ってくれたときに、恐怖がすっと引いていったの。魔法でもかけられたみたいに」

「ほんと？　それは良かった」

昨夜ベッドで颯に、バーベキュー広場でショーツ姿で彩夏と抱き合った話をしたら大笑いで、仲好くなれて良かったじゃんとからかわれた。あのとき私の腕のなかで泣いていた彩夏の面影は、いまの彼女には微塵も無い。

「颯さんとはなんで付き合ってるの」

「なんでって、好きだからに決まってるでしょ。颯は高校のバスケ部で活躍してた憧れの先輩でね、私は〝いいなぁ〟って思ってたんだけど全然相手にされなかったんだよ。でも、あとで再会して、あっちから告白されたの。高校のときはまさか颯と付き合えるなんて思わなかった。私いま、自分でもすごい幸せ者だと思う」

　素っ裸で話していると普段よりも素直になれて、私は惚気全開になった。

「早くに結婚して子ども三人作るのが、学生の頃から私の夢なんだ。颯はちょっとファッションヤンキーみたいなとこあるけど、ああ見えて営業マンとして真面目に働いてるんだ」

「ファッションヤンキー？」

　彩夏は呟き、颯の容姿を思い出しているのだろう、声を出して笑った。

「初めて聞いた言葉だけど、まさにそんな感じだね、あの人。いや今はもちろんそんな風に見えないけど、昔はそうだったんだろうなっていう面影が、ちょっと残ってる」

「高校のときから悪ぶって見せるのが好きで、髪も金茶色に染めてたよ。私が颯を好きになったのはね、部活帰りのバスの後部座席で、颯の隣に座ったときだったの。颯は仲間二人と一緒にいて、大きな声でデカい態度でしゃべっててね。はっきり言って迷惑なヤンキー崩れって感じだったから、私は万が一にでも絡まれないよう、ひたすら眠ったふりをしてた。仲間たちが降りて颯が静かになったから、私は薄目を開けて颯を観察した。そしたら颯、仲間の目が無くなった瞬間急にオラオラオーラが消えて、すっごく股広げて座ってた脚を段々閉じて、きちんと膝を合わせて座り直して、肩もすぼめてイヤホンで音楽聴きはじめたんだ。〝何この人可愛い！〟ってなって、一気に惚れた」

「意味分かんない。虚勢張ってる姿なんて、普通幻滅するとこでしょ」

「だよね。でもなんか、母性本能くすぐられたっていうかさ、仲間うちで威張ってるとこからのギャップにやられたっていうか。颯は社会人になっても未だに高校のときの仲間とはよく遊んでるけど、まだあのキャラのままなのかなとか想像すると楽しい」

「はいはい、好きなんですね。お湯熱いな、もう出ようかな私。逢衣はどうする？」

「私は気持ちいいからもう少し入ってる」

「そっか。じゃあ私も」

彩夏が段になっている場所に腰掛けて、お湯の位置が彼女の首から鎖骨まで下がった。

「そっちの馴れ初めも教えてよ。眼科でナンパされたの？」

「ううん、告白したのは私の方。コンタクトレンズを買うために琢磨の働いてる眼科へ行ったの。琢磨は視能訓練士で臨床検査技師の資格も持ってて、検査で私の視力を測って、いままでずっと裸眼だった私に、初めてコンタクトを入れてくれた。初めてだったからすごく目がごろごろして涙がぼろぼろ出たけど、琢磨は〝大丈夫ですか？　一旦外しましょうか？〟ってとても優しくて。顔も間近で見られたけど清潔感があったし、コンタクトを載せた指も細長くて綺麗で、仕事も一生懸命してたから好きになった。デートに誘ったのも、付き合ってほしいって頼んだのも、全部私。事務所には恋人は絶対に作るなって言われてるから、周りには内緒だし、今年の夏もこの旅行でしか会えないけど」

「えー、すごい良い話。琢磨さんが猛アタックしたのかと思ってたけど違うんだ」

「私だよ。琢磨はお客さんに手を出すタイプじゃない。あーあつい、もう無理」

耐えきれなくなった彩夏が勢いよく湯から半身を出すと、ちょうどお湯に浸かっていた辺りから下の肌が火照(ほて)って橙(だいだい)色に変わっていた。

湯船から上がると彼女はふらふら歩き、タオルで顔だけ隠して湯船の脇にある寝椅子に仰向(あおむ)けに寝そべった。のぼせたのか、両腕をだらんと脇に垂らし、脚にも力が入っていない。顔バレしたくない気持ちは分かるが、他に隠すところがあるだろうとどうしても思ってしまう格好だ。風呂に入りに来る人たちも、全裸死体のような姿の彼女が気になるようで注目を集めていた。

入浴後、浴衣に着替えた私たちは、ホテルの中庭で、一階の売店で買った花火をして遊んだ。なんの変哲もない手持ち花火でも、いざやってみると色とりどりの炎が夕闇に鮮やかで、火花や煙くささも懐かしさを誘う。男二人がロケット花火や打ち上げ花火を一列に並べ順繰りに火をつけて威勢の良い音を鳴らし、夢中で飛ばしている間、彩夏は花火と一緒に買ったシャボン玉を取りだした。

「一緒にやらない？」

「いいよ」

まだ陽が完全に沈みきっておらず、山の端にかかる夕陽が辺りを橙色に染めていたので、二人の吹くシャボン玉もよく映えた。キッチュな緑色の吹き出し口から生まれ出た小さな複数のシャボン玉は、虹の模様を表面にくるくる描きながら、木々のさざめくポーチの方へ風に流されてゆく。一方で花火は広い空に向かって、ひゅうっと音を鳴らしながら幾筋も、地上からの流れ星を飛ばす。

「くっつけて大きいの作ろう」

「分かった」

彩夏の提案を受けて、私が彼女の方へ顔を寄せ、慎重に息を吹き込んでシャボン玉を徐々に大きくさせると、彩夏が同じく大きく育ったシャボン玉を私の玉にくっつけてきた。真横に並んだ彩夏の唇からふーっと息がストローに吹き込まれるのが伝わってくる。風呂上がりなのに薄化粧を施していてさすがにぬかりない。一方の私は化粧水しか塗っていない。

　彩夏の嬉しそうな、目がなくなるほどの笑顔が、どんどん大きくなる虹色の玉に隠れた。くっついて重くなったシャボン玉は、私たちの吹き出し口から離れ、ゆっくり下降したあと、地面に触れて割れた。


　最終日のこの夜、また私と颯の部屋に集合して皆で飲んだのだが、予想しない事態が起きた。一昨日の夜にも増して飲んでいた彩夏が、謎のサイコロを出してきたのだ。

「これで遊ぼう、カップルゲームで使うサイコロだよ。ただし本当にカップル同士でやっちゃうと生々しくなりすぎるから、今夜は男と男、女と女の組み合わせね」

　彩夏は酔っぱらい特有のぶれぶれの怪しい手つきで二つの青いサイコロを右の手のひらで転がした。

「なにそのサイコロ、初めて見るけど。もしかして今朝宅配便で届いたやつ？　旅先の住所に通販が届くなんて初めてだったから、僕驚いたんだけど」

　琢磨がけげんな表情で彩夏の手の中身に顔を近づけた。

「ちがう、これは前から持ってたの。もしかしたらこの旅行で使うかもと思って、わざわざ家から持ってきたんだよ」

「もともと僕と二人の旅行の予定だったのに？」

「そう、初めは琢磨と二人で遊ぼうと思ってたの。ほらっ」

サイコロはテーブルの上を転がり、彩夏ほどではないが相当に飲んだ私と颯と琢磨の酔眼が行方(ゆくえ)を追いかける。止まったサイコロの片方に〝膝〟、もう片方に〝噛(か)む〟と書いてある。

「はい、じゃあお互いの膝を噛んで」

彩夏の号令もむなしく、琢磨は難しい顔でサイコロに書いてある文字を読み上げていった。

「こっちは首、お腹(なか)、胸、膝、指、唇。こっちのサイコロは触る、息を吹きかける、舐める、吸う、噛む、撫でる。片方に身体の部位が、もう片方に指示が書いてあるのか。なんだこれ、随分いかがわしいな」

「エロサイコロか！　さすが芸能人、色んな遊び知ってますね」

一気にテンションの上がった颯が叫んだ。

「別に仕事関係で知った遊びじゃないし、雑誌で見ただけだし、いままでこれで遊んだことないから。今日が初めて。流行(はや)ってるって聞いて興味本位で買ったの」

「本当か？　僕はこんなサイコロの存在自体聞いたことないぞ」

「俺も」

「私も。一体どこ界隈(かいわい)で流行ってるの？」

琢磨は彼女がこんなものを持っていてショックだったのか、酔いも醒めた顔つきで彩夏の顔を凝視している。颯はこの微妙な空気がツボにはまったのか床に転がって笑い続けている。私もお酒を飲んで盛り上がってきたところで変なサイコロが登場したので笑えて仕方ない。

「いいよ、やろうやろう！　盛り上がるかもしれないし」

真っ先に彩夏の提案に乗り、目の前に投げ出された浴衣から伸びた彩夏の脚を両手で摑み、顔を近づけた。

なんて小さな膝！　痩せているからじゃなくて、骨自体がミニサイズとしか思えない。おまけに膝下にも毛穴が無くて、白い肌に骨のでっぱりがアクセントになって、妙に色気がある。膝の上に続く太腿も横幅を増やさずほっそりと奥まで続いている。彩夏が私が嚙みつきやすいように脚を曲げて膝を突き出すと、骨の形はますます浮き出た。私が口を開いて彼女の膝小僧にかじりつくと、男性陣からはうぇ～っと低い呻きが上がった。彩夏をびっくりさせるために大きく口を開けてわざと犬歯をむき出しにして再度歯を立てたが、びくともしない彼女の膝は強い弾力で押し返してきた。口を離すと彼女の膝には私の歯形が薄く残っていた。

何が楽しいんだという絶望的な表情で、琢磨が颯の膝に形だけ歯を当てたあと、くすぐったいからやめろと逃げ回る琢磨を取り押さえて、颯がかじりついた。合コンでやればきっとエッチな雰囲気になるんだろうけど、すでにカップルが成立しているこのメンバーだと馬鹿笑いの種にしかならない。最後に彩夏が顔にかかる前髪を耳にかけながら俯いて、私の膝を狙ってきた。

「やっぱ私はいい、ちょっと待って本当にいいや、くすぐったい、やめて！」

大げさに暴れる私の脚を意外なほどの力強さを発揮して両腕で固定した彩夏は、私の膝の下の方に噛みついた。思わず、痛っと声が漏れるほど強く。脚を引っ込めようとしたが、彼女が長いまつ毛に縁どられた瞼をしっかり閉じて噛みついている姿を見て、力が抜けてしまった。彩夏が離れたあと私の膝には少しへこんだ赤い小さな噛み痕が残っていて、指で撫でたが消えなかった。容赦ない、私ももっと強く噛みついてやればよかった。

結局サイコロは一度振られただけで琢磨がもうやめようと言い出しお開きとなり、活躍の機会は短かったが、彩夏は満足げに琢磨に肩を抱かれて自分たちの部屋へと帰っていった。私と颯は彩夏を肴にしばらく馬鹿話を楽しんだ。

「彩夏さん、彼氏はまともだけど本人はイカれてるな。なんだよあのサイコロ、合コンならともかく、旅行先にまで持ってくるか、フツー」

「でも楽しそうだったね！　よく笑ってたし、あれが素なんだろうな」

「琢磨は本気で信じられないって顔してたぞ。今晩モメるだろうな、あの二人は」

「ほんと彩夏って謎だよね。つんけんして感じ悪かったのに、それが今晩は、膝かじれ！　だもん、訳わかんない」

「でもお前もたいがい変だよな。今日も率先して一番に膝かじりに行ってたし」

「そう？　じゃああの人のペースに乗せられてんのかな。私は普通にしてたつもりだったけど」

最終的に〝やっぱり芸能界は恐い〟と強引に結論付けて、話を終えた。私たちは旅行最後の晩に、あんなにたくさん持ってきた酒を一滴残らず飲み干していた。


翌朝、ロビーでチェックアウトをすませ、颯がトイレに行っている間、売店で土産物を流し見していると、彩夏が近寄ってきた。

「何見てるの、お土産？」

「うん、家族になんか買って帰ろうかなと思って。これどうかな？　うにのふりかけ」

「うには、私なら生で食べたい」

「確かに。さっき冷蔵コーナーにうにの瓶詰めあったから、あれ買って帰ろうっと」

「待って」

冷蔵コーナーに行きかけた私の腕を摑んで、彩夏が引き止める。

「これ私のアドレス。また連絡ちょうだい」

名刺サイズの紙に彼女のアドレスが手書きで記されている。こんな古風な形で連絡先を伝えてくるなんて、見かけによらず几帳面なのかもしれない。紙片を持つ彩夏の指は微かに震えていて、私が受け取ると彼女の手はすぐに引っ込んで自分のワンピースの端を摑んだ。

「分かった、ありがとう。あとでメール送っておくね」

「今この場で空メールを送って。この紙をなくしたりして、連絡先が分からなくなったら困るでしょ」

有無を言わせぬ口調に圧され、私は携帯を取り出すと、もらったアドレスを入力し、本文に〝南里逢衣です〟と書いて送信した。彩夏の携帯はすぐに反応し、メールが届いたのを確認して彼女は満足そうだった。

「じゃあ、またね」

彩夏は軽く手を振るとサングラスをかけて、一度も振り返らずに琢磨のもとへ歩いていった。

この三日間、彩夏と過ごして、私には分かったことが一つだけあった。

ああ……、この子、女友達いないんだろうなぁ。

プライドが高いし世間話ができないし特殊な職業だし負けん気も強い。女社会では明らかに敬遠されるだろう。男にはちやほやされてきたけど、女にはやっかみや嫉妬を受けることもあって仲好くできなかったんだろう。だからこんなにぎこちない。私は彼女に少し同情した。初めは無理なくらい苦手だったけど、泊まりがけで一緒に過ごし、彼女の色んな面が見られて、結構おもしろい人だと分かった。いままでの友達にはいないタイプで新鮮だ。東京へ帰っても、もしかしたら友達になれるかもしれない。

　彩夏と連絡を取りあったのは旅行から一週間後、私がとりとめのない内容のメールを送ると即返信があり、来週仕事が早く終わる日があるので会わないかと誘われた。私も仕事が早上がりできそうだったので承諾し、場所はどこが良いか訊くと、仕事場のスタジオからも近いし久しぶりに渋谷の街に出たいと返ってきたので、道玄坂の店で十七時に待ち合わせることにした。

　彩夏の指定した、夜はシガーバーになるカフェに先に着きソファに座って待っていたら、大きめのバッグと紙袋を抱えた彩夏も到着し目の前の席に座った。マネージャーに車でここまで送ってもらったという彼女は、軽く巻いた髪を高い位置で二つ結びにしていて、メディアでの荘田彩夏がこのヘアスタイルをトレードマークにしているのを、私はようやく思い出した。ツインテールなどという甘い響きでは到底呼べない髪型で、彼女が黒いスエードの革紐で高い位置に二つ結びをすれば、猫目の吊り上がりが余計際立って、戦闘的な空気さえ漂う。流行りそうで誰も真似できない、彼女だからこそ似合う髪型だ。女性向けのファッション誌などでもこの髪型の彼女を見かけたことがあったが、そのときは縛った二つの髪の房をいくつかの束に分けて、幅三センチほどの細く薄く光る刃物のようにスプレーで固めて、エッジの利いたスタイルに仕上げていた。ハイブランドの服装にもカジュアルな格好にも髪の質感を変えることで対応していた。

「その髪型、よく雑誌とかでしているのと同じだね！　見かけたことあるよ、やっぱりよく似合ってる」

「あ、撮影のときのまんまで取ってくるの忘れた」

彩夏が両側の紐を指で引っ張ってほどくと、茶色い髪束が落ちてふわりと顔に振りかかった。似合っていたので残念だったが、確かにあの髪型のままだと周囲に気づかれる率がぐんと上がるだろう。

「逢衣はボブだね。顎のラインで髪を切り揃えてるの」

「うん。私は高校生ぐらいからずっと変わらずこの髪型のまま」

前髪がちょうど眉にかかるくらいのこのボブカットは朝セットしやすく、どんなに寝癖がついていても少し濡らしてドライヤーで乾かすだけで基本形に戻る。パーマをかける必要もなく、カットに行くときに同時にカラーリングもしてもらえば手入れも特に必要ない、お気に入りの髪型だった。

「いいね、逢衣によく似合ってる。正面から見てもシャープで似合ってるけど、特に横顔の頬に髪の毛が被（かぶ）さったときのニュアンスが最高。逢衣って首が長いし顎から耳にかけてのラインが特に綺麗だから、やっぱり髪型は短めの方が似合うね」

「ありがとう」

彩夏に褒められるとはまったく予想していなかったので、ちょっと口ごもった。

「彩夏は今日は一日中忙しかったの」

「そうでもない、朝からずっと同じスタジオにいて外の撮影もないし、涼しく過ごせて良かった。さっき外に出てみて初めて今日は暑い日だって気づいたよ。逢衣はなんの仕事してるの」

「私は携帯電話ショップで働いてるよ。カウンターに座ってお客様の新規購入の手続きや操作方法の案内をしてる。ずっと楽しくやってたんだけど、最近はちょっと……あー思い出しちゃった」

「どうしたの」

「ちょっと厄介な客に絡まれてるんだ。気が重くなるからプライベートのときは思い出さないようにしてたのにな」

「厄介な客って、どんな？」

「毎週金曜日の夕方にやってきては、私をいびってストレス発散してる客だよ。夫婦で来るんだけど、なんであれもこれもできないの、店員失格だろ、って毎回罵（ののし）られて本気で参ってる。あー結婚でもすれば寿退社ってやつができるのに」

「逢衣はそれでいいの？　変な客が居るからって結婚を理由に逃げ出して。なんとか自分で解決しようとは思わないの？」

「私なりに努力したけど無理だったんだよ。だって相手は飽きずに毎週やってくるんだもん。もう戦う気力も無いし、まあいいかーっていう」

「攻撃してくる奴のせいで自分の居場所追われるなんてバカらしいじゃん」

　彩夏が迷いの無い真っ直ぐな瞳で断言した。

「そうだとは思うけどその客は本当にウザいし恐いしね、あと今の職がものすごく好きかと言ったらそうでもなくて。新しい機種が出る度に色々覚え直したり、どうやったら分かりやすくお客様に機能を伝えられるか研究したりするのは、楽しいしやりがいがあるよ。でも好きを仕事にできているかと言えばそうでもないから、あんまり執着が無いの。彩夏みたいに自分でなきゃできない、才能が認められて開花するような仕事だったら、私もたとえ結婚しても続けるだろうけど」

「私の仕事は私でなきゃできないなんてあり得ないよ、代わりはいくらでも居る。むしろお前には無理だ才能が無いって周りに言われ続けたのを何年もかけて無理やり割り込んでいって、やっと席を確保して意地でも動かないっていうのが今の私の状況だよ。

　そのうち辞めるからって誰かのサンドバッグになり続ける必要無いでしょ。あと、本気になれる仕事を見つけるって、男とか女とか結婚とか関係なく、人間として大事じゃない？」

「見つけられたらそりゃ幸せかもね。でも彩夏みたいに上手く見つけられる人は一握り、ほとんどの人は自分でも合ってるかどうか分からない仕事を、早く終わらないかなー、退屈だなーって思いながら日々こなしてるの。私もその一人。颯がいてくれる分、私は恵まれてる」

「私だってすぐこの仕事に辿り着けたわけじゃない。私はスカウト組じゃなくてオーディションに何回も落ちてようやくプロダクション所属になった組だから、売れてないときは宴会のコンパニオンやらガールズバーの店員やら、芸能関係者が来るクラブのホステスやら、身体を売る以外のありとあらゆる仕事をやったよ。誰も見てないようなネット通販のモデルとか、きわどい水着のグラビア撮影とか、私が自分からやりたかったと思う？　でも何が近道か正解かも全然分からなかったから、十五歳の頃から学校もろくに通わずにとにかく働いた。だからこそ今があると思ってる」

彩夏には自分が積み上げてきた仕事への情熱と自信が溢れていて、私はビールを飲みながら感動してしまった。

「そうだったんだ、彩夏は苦労してようやく今の地位にいるんだね、知らなかった。確かに、一心に打ち込める仕事とかやりがいを見つけるって、男とか女とか結婚とか関係なく、大事なことだよね。私も昔はなりたい職業があったんだ。でも途中で私には無理だって諦めてしまって、それからは職業についての夢なんて考えもしなかった」

「逢衣は何になりたかったの」

「私は探検家になりたかった」

彩夏は吹き出して、食べていたパエリアの黄色いサフランライスの米粒をテーブルに飛ばした。

「ごめん」

「いいよ、バカっぽいでしょ。でも本気だったの、探検家として世界の秘境を訪れて現地の様子を文章で伝える仕事がしたかった。それが無理ならルポライターか新聞記者になりたかった。修業を積むために小学生の頃から休日は色んな場所へ一人で出かけて、日記とか感想文みたいなものを書いてたよ。高校生になると一日かけて鉄道旅行したり、自転車で行けるところまで行ってみたり、湖のほとりで野宿したり。富士山に一人で登ったり、お小遣いを貯めて夏休みにタイに行ったりもした」

「本気で目指してたんだね。笑ってごめん」

「ううん、いいんだ。でもある日ね、静岡の山を自転車で一人で夜に登ってたら、後ろから来た車の人に声をかけられて。もう遅いから乗せていってあげるってしつこくて、断っても無理やり車に乗せようとしてくるから、自転車も捨てて逃げ出したの。真っ暗な山道を走って下りた」

「世の中には本当にどうしようもない奴がいるね。大丈夫だった？」

「うん、恐かったけど無傷だった。なんとか下山してその足で交番へ被害届を出しに行った。危険な目には遭ったけど自分の力で困難を上手く切り抜けられたなー、って私はむしろ得意になって、家に帰ってから家族に事の顛末を話したんだけど、もともと私が一人で危険な場所へ出向くのを心配してた母親が、その話が決定打になって参っちゃって寝込んじゃってね。鬱病ぽくなってしばらく布団から出られなくなったの。母は確かに私ががんがん一人で色んな場所に出かけていく度に口酸っぱく注意してきたけど、どっちかって言うと肝っ玉母ちゃんて感じの人だから、そんなに心配してるって私はそのときまで全然気づいてなかったんだ。なんてひどいことしたんだ、って情けなくて、反省して、満点じゃなくてもせめて母さんや周りの人たちに心労をかけない生き方をしようって心に決めて、夢を封印したの」

そう、自分勝手な行動がときに自分自身ではなく周りの人々を傷つけることがあると、あのとき私は身をもって知ったのだった。非常に脆い氷の上に日常は成り立っていると嫌でも気づかされた。しかしこのようなプライベートな話を自分が彩夏に打ち明けるとは思ってもいなかった。

「私はもう探検家やルポライターの仕事に未練は無いけど、一時本気で目指したからこそ、同じ頃夢を志して実際に叶（かな）えた彩夏のすごさが分かるよ。羨ましい、眩しいくらい。決めた、私、彩夏のファンになるわ。全力で応援する」

「やめてよ、ファンなんて。ルポライター、いまからでも十分間に合うでしょ、目指せばいいのに」

「いやいや、今の私に必要なのは花嫁修業だよ。料理全然作れないんだもん。彩夏のご両親はどんな人たちなの？　子どもがこんなに活躍してたらさぞかし喜んでいらっしゃるだろうね」

「全然。私の出演してる番組とか一切観てないんじゃない。親と言えない親だよ。でも私も、子どもと言えない子どもだから、おあいこ」

彼女の短い答えからなんとなく察して私はそれ以上訊かずに別の話題を振った。

夕食をとった私たちは夜の渋谷の街に繰り出した。彩夏の願い通り道玄坂やセンター街を散歩したが太陽が沈んでもなお蒸し暑く、ものの五分で私たちは人ごみに揉まれて汗だくになった。

ビル壁面の巨大ポスター、CMを流す巨大モニター、通りを走る宣伝カー、雑居ビルにひしめく無数の店舗の看板。渋谷はありとあらゆる場所が広告に埋め尽くされ、最先端の街なのにどこか懐かしいほどの猥雑（わいざつ）な雰囲気でごった返していた。日本の都市というより未だ経済成長のさなかにいるアジアの一都市のような顔をして、渋谷は激しく人いる。


を入れ替えながらもう何十年も同じテンションの高さを保ち、エネルギーを放ち続けている。

　しかもこの夏の暑さ、分厚い雲の下では、一体どこの熱帯雨林だというほどの、暑く蒸し蒸しした外気が満ちて、どぎついショッキングピンクと黒に彩られた風俗案内所の立て看板は、いつもよりけばけばしく見えた。

　帽子を目深にかぶった彩夏に気づく人は少なく、いや気づいてもプライベートだからとの配慮があるのか、歩いていても彼女が話しかけられたり握手を求められたりすることは無く、私たちは大胆に街を歩き回った。

「もうだめだ、暑すぎる。とりあえずどっかで休まない?」

　暑いのが苦手らしい彩夏はすぐにへばって、排気ガスを直接当てられ続けたレインボーカラーのわたあめのように薄汚れて萎れ、五歳ほど老けて見えた。

「うん、それが良いな。予約無しでもすぐ入れる店を見つけよう」

　私はといえばシャツが汗で皮膚に貼りつき、十分な湿気にまみれているのに喉は渇いて、何軒か店を訪ねたがまだ夕飯時でどこも満席で断られて、最後は雑居ビルのカラオケルームにエレベーターで上がった。

　カラオケにはまだ早い時刻だったからか、幸いにも部屋が一つ空いていて、七階の個室に私たちは足を踏み入れた。渋谷の喧騒が店内にまで染み込んで、あてがわれた部屋は二人で定員MAXの激狭個室。エアコンがやけに大きく見え、冷房を入れると風が顔にぼうぼう当たり、開かない窓から見えるのはラブホのネオン看板。喫煙可しか空いてなかったので、異様にタバコ臭かったが、それでも外に比べれば天国だった。

注文したパイナップルハイに口をつけてみたが、本当にこれをパイナップルハイと呼んでいいのか、アルコールを含んだ少量の何かに炭酸水とかき氷のシロップを入れてぐるぐるとかき混ぜた味だった。彩夏はスプモーニという鮮やかな赤のカクテルを速いピッチで飲み干し、意外にも二杯目も同じのをすぐに頼んだ。

「それは美味しいの？　私が頼んだのはほとんど味しない」

「喉が渇いてるからなんでも美味しい」

「じゃあ私も二杯目は彩夏と同じの頼むわ。ねえなに歌う？」

カラオケに行くなどまったく予定していなかったにも拘わらず、私たちはマイクを奪い合うようにして様々な曲を歌った。安酒の酔いの回りは早く、私は仕事の憂さを発散するべく、ここぞとばかりにシャウト系のノリの良い曲を立て続けに歌った。彩夏も流行りのガールズポップや私の知らない洋楽のロックなどを張りのある声で歌い続け、三時間後、遂に声も嗄れネタ切れになったころには、十一時を過ぎていた。

「ねえ、逢衣の番だよ」

彩夏がカラオケのリモコンを押しつけてくるも、私は歌える曲が思いつかない。

「いいよ、彩夏が歌って」

「えー、私ばっかり歌ってるじゃん」

「じゃあ、そろそろ帰ろうか」

「ちょっと待ってよ、まだいいでしょ？　もう、私が歌うよ。代わりに私と同じ通りに動いて」

「ん？」

隣に座っていた彼女が私の正面に立った。

「右腕出して、左腕も出して」

彩夏と同じようにしたら、前ならえをお互いに向かってやっているような格好になった。

「両手を上げて」

二人ともバンザイの格好になる。

「手を組んで」

頭上で左手と右手を組んでいると、同じ格好をしていたはずの彩夏が素早く懐に飛び込んできて、私を抱きしめた。

「あのさあ、こういうのって業界のノリなの？」

やたら嬉しそうに私の肩口に顔を擦(こす)りつけてくる彼女に呆れながら言った。

「ん？　なんで？」

「だってこんなこと、あんまり一般人の間ではやらないよ。この前のサイコロゲームといい」

「ばれたか」

私は腕を下ろしたが彼女がしがみついたままどかないので、動けなかった。

「琢磨さんにはあんまりやらない方がいいよ、合コン芸詳しい、イコール遊んでると思われるよ」

「琢磨にはしないもーん」

「ならいいけど」

私はもう何杯めかも分からない、なんの酒を頼んだかも分からない苺色の液体を飲みながら、そろそろ終電だから帰らなきゃ、と濁った目を時計の上に泳がせていた。

ドラマチックなイントロが耳に流れ込み、顔をあげた。彩夏は『ラブ・ストーリーは突然に』という、私たちが生まれた頃くらいに流行った曲を入れていた。

何から伝えればいいのか分からないまま時は流れて
浮かんでは消えてゆくありふれた言葉だけ

「私この曲好き！　子どもの頃テレビで再放送してたドラマの主題歌だったよね？」

彩夏は私を完全に無視して続きを歌う。この曲は先程まで彼女が歌っていた女性アーティストの最新のヒット曲や洋楽のロックとは違って、男性の曲だったため、音域が外れていて、時々低くかすれて歌えなくなるほどキーが合っておらず、上手いとは言えなかったが、真剣に歌う彼女の声が胸に響いた。

君があんまりすてきだから　ただすなおに好きと言えないで
多分もうすぐ雨も止んで二人たそがれ

淡々と語りながらも情熱が隠しきれていないメロディを聴くといてもたってもいられなくなり、私はもう一本のマイクを手にしてサビを一緒に歌った。

あの日あの時あの場所で君に会えなかったら
僕等はいつまでも見知らぬ二人のまま

メロディラインも歌詞もうろ覚えで定かではなかったのに、結構ちゃんと歌えたことに気をよくして、私は続きも共に歌った。
「ちょっと！　私が歌ってるんだから、黙って聴いててよ。あと音痴のくせに声が大きい！」
私はさらに大声で歌い、彩夏も負けじとボリュームを上げてきて、やがて二人で荒々しく熱唱した。

誰れかが甘く誘う言葉に心揺れたりしないで
君をつつむあの風になる
あの日あの時あの場所で君に会えなかったら
僕等はいつまでも見知らぬ二人のまま

私の携帯電話ショップでの業務は、長津様への応対に時間と精神力を取られ、どんどんバランスが悪くなっていた。もともとパソコンや携帯などの操作が苦手なのに、普及率が半端なくて持っていないと生活に支障が出るから、苦手意識や情報漏洩の不安感を抱えたまま使っている人は、特にお年を召した人に多い。だから彼らのプライドを傷つけないように、どんな操作でも笑顔で根気強く説明することが重要になってくるのだが、長津様の場合はそのパターンと違った。

　彼は携帯を上手く扱えない、操作が分からないから苛立っているのではなく、自分でできる能力があるのに、重めのデータの移行方法など、複雑で答えるのに手間がかかる質問をわざと私にぶつけてきて時間を取らせるのだった。今や携帯電話の機能は無数に内蔵されており、ダウンロードしたアプリの使い方やクラウド関係は本来うちのショップが説明する義務はないのだが、境界線が曖昧で私は断れず、本社のサービスセンターに電話して操作方法を訊いたり、長津様の画像データを何時間もかけて別のメモリに移行させたりした。会社帰りの客でごった返す平日の夕方に時間を取られすぎると回転が悪くなるので非常に困るのだが、長津様はその効果も狙っているらしく、急いで説明を終えようとすると、態度が悪い、傲慢だ、せっかくお前のとこの携帯を使ってやってるのに他社に流れてもいいのかなどと、ねちねち苛めてくる。

　彼は四十代くらいで、好意の裏返しでストーカーみたいに私に執着しているのかと最初は思っていたのだが、途中から妻らしき女性も一緒に連れてきて隣に座らせ、二人で私を嘲るようになった。

「こんな簡単な操作も問い合わせないと分からないの？　あなたもここの社員なんでしょ、プロの自覚が無いんじゃない。窓口の子たちのなかでも一番間抜けな顔してるわ」

　ショートカットで化粧けのない長津様の奥様は一見すると地味で目立たないように見えたが、口を開くと辛辣な言葉しか出てこない。意地悪夫婦は私を攻撃するとテンションが上がり、刺激に飢えた目を貪婪に光らせた。どれだけ混んでいても彼らは、前回の質問の続きを聞きたいからと私を指名して、他の客に応対している私を待合コーナーの椅子に座って眺めながら、嘲る笑顔でなにやら小声で言い交わす。

　私は彼らがやって来る金曜の夕方の時間帯になると、ストレスでお腹が痛むようになった。やがてお腹が痛む時間は長くなっていって、いまではもう木曜の夜から調子が悪い。シフトを替えてもらいたかったが、そうしたら彼らは私のいる時間帯に来るよう自分たちの行動を変えるだけかもしれないし、私の代わりにその時間にカウンターに座る人間が同じような目に遭うのも嫌だった。

　なぜ長津様が私をターゲットにしようとしたか分からない。自分がストレス発散したいだけで理由など無いのかもしれない。でも仕事に慣れてくるに従って、私生活の颯との時間の方に気がとられることが多くなっていたのも事実で、気の緩みを見抜かれたのかもしれない。そう思うと自分にも非があるような気がしてきて、ため息が出てますますお腹は痛むのだった。

　たくさんの人々が行き交う都会で接客業をしていると、ときにどんな風に生きてきたのかまったく分からないが、この人には深く関わりたくないなと本能的に感知する客がやって来る。

　理解に苦しむのが一番辛かった。私には純粋に悪意だけで人に意地悪をして反応を楽しむ人間の心がどうしても分からない。直接自分が何か被害を受けたわけでもないのに、客という自分が優位な立場にいられるというだけで、見ず知らずの他人の私を何度も執念深く言葉のナイフで抉る、その深すぎる闇が理解できない。

その筋の人ではなさそうなのが唯一の救いだった。しかし普通に満ち足りているように見える人でさえこんな闇を隠し持っている。あるいは私個人にどうこうではなく、この店舗を潰したいとかなんらかの意図があってたまたま私をターゲットにしただけかもしれなかった。どちらにしても何を言っても否定され無能扱いを受けているうちに私の心は麻痺していった。

「結婚したら辞めるつもりなら、今すぐにでも辞めたらいいだろ。そんな客はもうクレームつけることに快感を覚えちゃってるんだから、お前がカウンターに座ってる限りやって来るよ。無理して粘る必要はない、辞めろ辞めろ」

〝結婚〟というワードが颯の口から出てきたのは、このときが初めてだった。確かに随分前に仕事で疲れたときに愚痴ったことがあったけど、颯が覚えているとは思わなかった。

「簡単に言うけどさ、曲がりなりにも三年間勤めてきた職場だよ？　なんか口惜しいじゃん」

「でもそんな厄介な客にターゲットにされたら終わりだよ。これからはお前の分も俺が稼ぐからさ。心配ないって」

「なぁにが。貯金ゼロのくせに」

「結婚したら貯めるからさ！」

言い返しながらも私は微妙な綱渡り感のある会話にどきどきしていた。もちろんまだプロポーズとかはされていないけど、まるで結婚を前提にしているような会話だ。同時に颯に全部甘えて寄りかかりたい気持ちが出てきた自分自身に戸惑った。今なんとか踏ん張って毎日出社すれば、結婚資金を貯めたあとに辞められるかもしれないのに。颯も会社で嫌なことなどたくさんあるだろうに、休まず働くことを疑いもせず毎日出社し続ける精神力には感心するし、さすがだなと惚れ直す面もあった。私は彼ほど強くなれない。

「その反抗的な目つきが生意気だって言ってるんだよ。客を睨むんじゃない！」

長津様の怒声がフロアに響き渡り、他のスタッフたちの視線を感じた。

もともと黒目が上の方にある目の形をしているだけで、睨んでいるわけじゃないんだと説明したかったけど、分かってくれる相手じゃない。

彼が厄介なお客様だということはここ池袋（いけぶくろ）東口店では知れ渡っていて、私がターゲットにされていることももちろん皆気づいている。店長はクレームの度合いがひどくなったら警察を呼ぶからと言ってくれてはいるが、長津様は手慣れていて知識もあるのか、大事にならない範囲でいびってくるし、私以外の店員には笑顔を見せてすこぶる丁寧な態度を取っていた。

私は恫喝(どうかつ)された動揺と怒りで声が乱れそうになるのを抑えながら、申し訳ありませんと言いお辞儀をした。お客様を怒らせたときはこの対応とマニュアルで決まっている。

「謝らなくてもいいから早く作業を進めて！　今日の私たちはもっともっと複雑な操作についても知りたいんだから」

長津様の奥様が声を張り上げる。

「さっきからあんたたち、うるさいね。ただでさえここは混んでてうるさいのに、そんなに声を張り上げる必要はあるのかい？」

待合コーナーに座っていた一人のおばさんが長津様の近くに寄ってきて、渋くしわがれた声を出した。長津様はびっくりして後ろを振り向く。

「なんですか、あなたは。私たちはこの店員があまりにも怠け者なんで、叱ってやってるんです。あなたこそ私に話しかけないで下さい、迷惑だ」

「こっちだって迷惑してんだよ！　どれだけの客が待ってると思ってんだ、あんたたちが早く済めば一席空くじゃないか。長(なが)っ尻(ちり)せずにさっさと用件だけ話して帰りな」

きついパーマの当たったもじゃもじゃ髪で黒縁の色付き眼鏡をかけ、豹柄(ひょうがら)の薄汚れたパーカーを羽織って緑のジャージのズボンを穿いている女性は、よく見なくても明らかに彩夏だ。いや私だからこそ彼女だと分かるのだろう。禁煙のフロアにいるのにタバコをふかしながら、しわがれ声でしゃべり、老けメイクをして肩をいからせ前かがみになっている彼女は、池袋で酸いも甘いも経験してきた百戦錬磨のやさぐれおばさんにしか見えなかった。

「失礼な人ですね、私たちは余計な質問なんかしていませんよ。この子がもたもたしてるから悪いんです」

長津様の奥様は声高に言い返したが語尾が自信なげに尻切れになり、この得体の知れない怪しげなおばさんの迫力に若干びびっているのが伝わってくる。

「御託はいいからさっさとどきな。受付番号、あんたらの次が私なんだよ。ほら、席替わりなって」

彩夏は色つきのでかい石が入った安そうな指輪をいっぱい嵌めた指で長津様を押し、長津様はものすごい勢いで振り払った。

「触るな！　まったくなんなんだ、あんたは。非常識にもほどがあるぞ。おい、お前たち、こいつをなんとかしろ」

長津様はフロアに立つ男性店員たちに声を飛ばしたが、彼の行状を知っている彼らは聞こえないふりをして、お客様対応を続けた。その間も彩夏は長津様をぐいぐい押す。

「ほら、どきなって言ってんだろ！　どかないと私の知り合いの男たちを呼ぶよ！　この街で商売してる人間で、西池袋のカナエを知らない奴はいないよ！」

「あなたね、これ以上私のことを押すと今この場で通報しますよ。携帯の操作方法を知りたかっただけなのに最悪の気分になった。全部お前のせいだぞ」

長津様と奥様は彩夏もとい西池袋のカナエに悪態をつきながら立ち上がり、最後に忘れずに私を睨んだあと、ショップから出て行った。

彼らが遠ざかり彩夏が先ほどまで長津様のいた椅子に座ると、私は忍び笑いが止まらなくなった。

「西池袋のカナエって、一体どんな設定なの。深夜のコント番組のキャラクターみたい」

「カナエは池袋駅西口から徒歩十分のラブホの受付をしてるの。趣味は花札でヤクザの愛人を長年やってるんだ。口先だけじゃなく動かせる若い衆も複数人持ってる。弱い者いじめしてる奴が嫌いで、こんな外見でも正義感に溢れてる。ね、結構設定作りこんでるでしょ」

彩夏のキャラ設定はチープだけど、広い都会にこれだけの人がいると、まあこういう人もいるかもしれないなと思わせるリアリティを獲得していた。私はちゃんと応対しているように周りに見せかけるため、パソコンに文字を打ちこむふりをしながら彩夏と小声で話を続けた。

「カツラとか服とかどこで手に入れたの？　私服じゃないよね」

「カツラはメイクさんに借りて、服は自前の衣装でドラマの端役として出てたときのを着てる。色んな役をしてきたから、持ち服のバリエーションは豊富なんだ。全部取ってあるから」

「歯にもなんか付けてる？」

「うん、前ドラマでゾンビ役やったときに使った付け歯も貼ってる」

彩夏は茶色く染まった反っ歯でにかっと笑った。確かに役をかなり作りこんでいる。

彼女はカウンターの上に赤い携帯を置いた。私が手に取るとそれはうちの最新の機種だった。

「あれ、彩夏の携帯ってうちのじゃなかったよね？」

「さっき買ったとこなの。初期設定するの手伝って」

私はカナエ様に最大限のサービスで応対した。

翌週の金曜日は長津様ご夫婦も来たが、西池袋のカナエも当然のように来た。長津様ご夫婦も自分たちの後ろに座っているカナエの存在が気になるのか、いつもの意地悪も精彩を欠いていた。

「だからあなた、この前も言いましたけど関係ないでしょう。他人の問題に口を突っ込んでくるのはあなた、犯罪行為ですよ」

「私が犯罪者ならあんたたちは地獄行きだ！　関係ないって言うけどね、同じ場所にいりゃ会話は聞こえてくんだから、しかも待ち時間も延びるんだから、関係ないってことはないんだよ！　私はあんたらが気に入らない。客の立場だから文句言われないのをいいことに、好き放題しやがってね。ネチネチ若い娘いじめて、性根が腐ってるとはこのことだよ！」

ショップの同僚たちはもちろんカナエの存在に気づいて噂していた。彼女の風貌には独特のおかしみがあったので、笑い話にもしていた。あわよくばこのヘビとマングースの戦いの結果、両方の客が来なくなれば良いと密かに望んでいるようでもあった。

その翌週も三人とも来た。長津様ご夫婦はいまや私ではなくカナエに憎悪を向けていて、彼女に絡まれると、ありとあらゆる言葉を使って罵ったが、彼女がどこかに電話して宣言通り強面の若い男性が肩で風を切りながら店内に入ってきて彼女の横に並ぶと、すぐ立ち上がって帰って行った。二人の姿を見届けると、恐ろしい形相で凄んでいた男性が急に人の好い笑顔になって彩夏と小さく手を打ちあわせた。

「この人、劇団員のシンちゃん。舞台の仕事を一緒にしたときに知り合ったの。相談したら力になってくれるって言うから」

「いやいや、ギャラをいただいたんで、仕事のつもりで来ました。またいつでも呼んでください」

「うん、もしかしたら来週の金曜日も頼むかも」

「りょうかいっす」

シンちゃんが店を出て行くと私は彩夏に笑顔を向けた。

「ほんとにありがとう、あなたが来てくれるようになってから、長津様の意地悪が減ったし、心強かった。忙しいはずなのに、こんなことに時間取らせてしまってごめんなさい」

「逢衣が謝る必要ないって。悪いのはあいつらだから。私は念のためまた来るよ、ちょうどこの時間帯は夜からの撮影まで休憩で、暇なんだ」

しかし長津様ご夫婦は二度と来店しなかった。私は久しぶりに気の重くない金曜日を迎えられて、お腹の調子も良くなった。彼女の活躍ぶりを颯に話すと彼は爆笑した。

「サイコロはほんとにおもしろいな。しかも良い奴だし。最近はサイコロが澄ました顔でテレビに出てくるだけで笑えてくる」

私と颯は彩夏のことを、サイコロサイカさんなどと呼んでいたのだが、長いので今ではサイコロと呼んでいた。

「今度うちにも連れて来いよ。琢磨も呼んでまた四人で飲もう」

「いいね、私も四人でまた会いたい」

言いながらも、秋田のホテルで出会っただけの彩夏とこんなに縁が続くなんて、改めて不思議な気がした。


お前の実家に顔見せに行ってもいいか、と颯に言われたとき、私は嬉しかった。母と颯は私たちの部屋で偶然鉢合わせし、少し話したことがあるが、颯がうちの家族とちゃんと会うのはこれが初めてだ。

「結婚する前に同棲を先に始めちゃったから、親御さんと会うときは気まずいな」

「何それ。うちの親は全然気にしてないと思うよ」

行きの電車内で、颯の口から再び〝結婚〟というワードが出てきて私は動揺した。十月の土曜日の午後に千葉(ちば)の実家に赴くと、母が出迎えてくれた。

「いらっしゃい、電車混んでなかった？　丸山さんお久しぶりね、今日はわざわざありがとう」

「こちらこそ休日にお邪魔してすみません。よろしくお願いします」

若干緊張しているのか、颯は硬い調子で言いながら玄関で靴を脱いだ。

「この前お会いしたのは一年前くらいだったわね、私が昔の友達の家に遊びに行ったとき逢衣に会おうと思ってちょっと寄ったら、逢衣じゃなくて丸山さんがいて」

「あのときは結局夕飯までごちそうになってしまってスミマセンでした」

「丸山さん、はじめまして。お姉ちゃん久しぶり」

母の後ろから望（のぞみ）がはにかんだ様子で顔を出した。

「あ、望、今日うちにいたんだね。バイトは大丈夫なの？」

「夕方から行くけど」

「はじめまして、丸山颯です」

颯と望が頭を下げあう。望は私たちが付き合った当初から、颯がどんな人なのかと興味津々だった。家族と自分の恋人が話しているのを見ると、自分の生活の表側と裏側が遂に出会ったようで晴れがましく、照れくさい。実家の廊下を歩く颯の後ろ姿を見るのも新鮮だ。うちの家族の誰よりも背の高い彼が歩くと、うちの廊下も窮屈に見える。

リビングのダイニングテーブルについた私たちは、お土産に持ってきた果物のゼリーをみんなで一緒に食べた。

「丸山さん、そんな改まらなくていいのよ、自分の実家だと思ってくつろいでね。今日は父さんも一緒に迎えるつもりでいたんだけど、急な仕事が入ったとかで出社しちゃって。また次の機会にお会いしたいと言ってました」

「ありがとうございます。逢衣さんとは以前から親しくさせていただいていたのに、ご挨拶に伺うのが遅くなってスミマセンでした」

「なあに、さっきから謝ってばっかりじゃない。せっかくだから二人の出会いからの詳しい話を聞かせてよ。逢衣はあんまりそういうの、うちでは話してくれないからこの機会に知りたい」

私は私たちが高校の部活で先輩と後輩の関係だったことを改めて説明した。

「ほんとそういう昔からの関係って憧れる。私、高校のとき、まったく出会いが無かったからもう無理なんだけど」

「大学で見つければいいでしょ、そっちの方が人数多いんだから。もう入学して半年以上経ったでしょ、誰かいい人いないの」

「全然！　彼氏欲しいのに男友達すらいなくて焦ってる。あとで相談に乗って」

「了解」

望は女同士だとよくしゃべるのに、相手が男性だと急に引っ込み思案になるタイプで、まだ誰とも付き合ったことはないようだった。

「そうだ、真奈実(まなみ)ちゃんのおうち、ついに完成したみたいよ。この前駅に行くときに通りかかったんだけど、覆いが全部取っ払われてた。二階建ての白い立派な家だったよ。実家のすぐ近くにあんな家を建てて、あの子も親孝行だね」

「母さん、いま別にそんな話しなくていいでしょ」

私と颯が若干固まったのを察して、望が口を挟んだ。

「なんでしちゃだめなのよ。逢衣だって仲の好い真奈実ちゃんの近況なら知りたいだろうに」

「母さんの言う通り、真奈実の家は完成して来週から住みはじめるみたい。ほんとは今日真奈実とも会いたかったんだけど、引っ越しの準備忙しいらしくて無理だって」

「小さい子三人抱えての引っ越しは大変だろうからね。年子で産んだんだっけ？　あの子もあんたと同じで昔はやんちゃだったけど、今はずいぶん落ち着いたね」

「母さん、またそんな話」

再び望が止めて、私と颯は苦笑いを隠せなかった。

「それにしても、逢衣も丸山さんくらい逞しい男の人の側にいれば、いくらかましに見えるね。まったく、女の子なのに背ばっかりすくすく伸びて、小学校三、四年のころには背の順で一番後ろになってたんだから、私はいつまで成長し続けるんだろうってひやひやしたよ。そんなにのっぽになって嫁のもらい手が無くなったらどうするんだって。あんたと同じくらいの背の女の子なんて、今でもそういないでしょう」

「いや、最近会ったよ」

私は彩夏を思い出していた。彼女も学生のとき背の順ではいつも後ろの方だったんだろうか。

「母さんよく言ってたもんね、〝それ以上背が伸びたら逢衣より背の高い男の子が見つからなくなるよ〟って」

「見つかったじゃない、良かったね」

望が颯を見ながら冷やかした。

「私は逢衣がまだ小さな子どもの頃から、こんな気の強い子がいつかお嫁に行けるんだろうかって、すごい心配してたのよ。放っておいたら一人でどこへでも行く子だったからねぇ、あんたは」

「放っとくから悪いんだよ。そんなに心配ならリードで繋いでおけば良かったのに」

「あんたね、犬じゃないんだから」


家を出た颯はふうと息を吐き、凝りをほぐすように首をゆっくりと回した。見慣れた実家周辺の風景に降り注ぐ太陽さえ、いつもより輝いて見えるほど、私は幸福だった。高校生の頃から憧れ続けた彼が、大きな身体を強張らせて緊張しながら、私の家のリビングで家族と話してくれた。

「あ、そうだ、お前これから予定ある？」

「何いきなり。無いよ、てかうちの実家に行ったあとは駅前で餃子（ギョーザ）食べようって今朝話してたじゃん」

「俺琢磨に電話かけたんだ、来月にでも一緒に飲まないかって。で、旅行で会ってから初めてあいつと話したんだけど、やたら声が暗くて鬱っぽいからどうしたのかって訊くと〝彩夏に別れ話されたんだ〟って」

「嘘でしょ！」

予想外すぎる。だって彩夏とはしょっちゅう会っていて、一昨日も一緒に晩御飯を食べたが、琢磨と別れる気配なんて微塵も感じなかった。

「つい最近久しぶりに会ったら突然切り出されたらしくてさ、まだ琢磨も全然気持ちを整理できてないみたいで。あんまり落ち込んでたからつい今晩飲もうぜって誘ったら、うちまで来るって言うんだ。相当参ってるよ、あいつ」

「だろうね、夏の旅行のときはすごく仲の好さそうな二人だったもん、まさか振られるなんて予想してないよ」

「お前、サイコロから聞いてなかったのか」

「まったく。あの子はなんにも変わらず普段通りだったよ」

「そっか。今晩どうする？　重い話題に参加したくなかったら、俺と琢磨がうちで話してるとき、お前は実家に居てもいいんだぞ」

「ううん、私も聞くよ。なんで別れることになったのか知りたいし」

お似合いのカップルだと思っていたのに。楽しかった旅行の思い出に薄く翳が差した。

「ごめん、突然お邪魔しちゃって」

「全然うちは大丈夫だから、気にすんな。話が話だからな、外ではしにくいだろ。ほら、入って入って」

　颯に促されて、がっくりと肩を落とした琢磨が、傘立てに几帳面に自分の傘を差したあと、部屋に入ってきた。夜になって雨が降り出したようだ。私たちの同棲部屋は狭くて雑然としていたが、琢磨は目に入らない様子で、こけた頬のまま押し黙って一点を見つめている。目が落ちくぼみ、人相まで変わっている。彼は穏やかでみずみずしく活気のある瞳が印象的な人なのに、今夜は視線を上げるのも辛そうで、ぼんやりと下の方ばかり見ていた。

　男の人もここまで落ち込むんだな、と失恋したての男性を初めて間近で見た私は内心驚いていた。

「いずれこうなるかもしれないって、覚悟していたところはあったんだ。僕たちが出会った頃と比べて、彩夏の状況は随分変わったし、あいつは連日激務で、事務所の監視の目も厳しくなって、どこで会うにも難しくなったし。だから遅かれ早かれ、別れは予感してた。でも実際の別れの理由は予想と全然違って……僕には受け入れられない」

「なんて言われたんだ？」

颯が身を乗り出す。

「好きな人ができた、って」

私たちは大きくため息をつき、颯は身体を引いて背を椅子に埋めた。

「そっか。琢磨キツかったな、かわいそうに。まあサイコ……彩夏さんは出会いも多そうだし、目移りしたんだろうな」

「相手は誰か訊かなかったの？」

私の質問に琢磨が両手で頭を抱えたまま、首を横に振った。

「知りたくないから、訊かなかった」

「気持ち分かるぞ。テレビとかでしょっちゅう見る奴だったら嫌だもんな」

「誰だって嫌だよ、彩夏が僕より好きな奴なんて」

琢磨の、やや捨て鉢な暗い声色が彼の傷心の度合いの深さを物語っている。彩夏のやつ、私とは頻繁に会ってるのに琢磨と別れるなんて話、一切しなかった。え、ていうか、激務？　彩夏から毎日連絡が来て、週二のペースで会ってるけど、激務？

彼女の仕事量は前よりも増えているようだけど、仕事が終わったあとは結構自由そうだった。まあ琢磨は男だから、人の目もあるししょっちゅうは会えないのかもしれないけど。彩夏は別れぎわになると忙しいのを楯にして会う回数を減らし、フェイドアウトしていくタイプなのかもしれない。

「いやー、恐いわ」

思わず口に出すと琢磨と颯が私を見たので、あわてて〝なんでもない〟と付け足した。

「でもお前ならすぐにでも、もっと良い彼女が見つかるよ。引く手あまただろ、フリーになったって知れ渡った途端、告白されまくるよ」

「僕はまだ彩夏と別れたつもりはない。しつこくしたら余計嫌われるだけって分かってるけど、ハイそうですかって簡単に別れられる間柄じゃないんだ」

とにかく今日は飲もうという話になり、私と颯はともかくとして、琢磨は日本酒の四合瓶を一人で二本空けてそれでも酔えず、正気を失えず、最後は足元だけふらついてタクシーに乗って帰っていった。どれだけ落ち込もうとも素直で人の好い面は変わらず、私たちに絡むでもなし、彩夏の悪口を言うでもなし、ひたすら呆然(ぼうぜん)としている琢磨が痛々しかった。夏には同じように仲好く見えた二組のカップルが、片方は実家に挨拶、もう片方は破局するなんて、夢にも思わなかった。

事の真相を彩夏に詳しく訊きたい気持ちと、込み入った事情に踏み込んでいくことに躊躇(ちゅうちょ)する思いがせめぎあい、私は彩夏にどう接しようか考えあぐねていた。その間にも彼女は能天気にメッセージを送ってきて、次の週末も遊ばない？　と無邪気に訊いてくる。颯の仕事が忙しい間、私は彼女と計四回晩御飯を食べたが琢磨の話は一度も出さず、彩夏はただ女友達と自由に出歩けるひとときを楽しんでいるようだった。会わないという選択肢もあるなか、私は琢磨とのことを訊きたい誘惑に勝てず、今回も食事の誘いをOKして世田谷区にあるマンションへ向かった。

玄関のドアを開けた彩夏は私を見ると満面の笑みを浮かべた。彼女を無愛想な女だと思っていたのはいつまでだっただろう、もう思い出せない。

室内はモノトーンで統一され、スタイリッシュでエッジのきいた世界観が表現されていた。真っ白な壁に、窓にはカーテンではなく黒のシェードがかかっている。ガラスのテーブルの下に白いラグが敷かれ、リビングに二つあるソファは両方とも色は同じ黒だが質感が違っていて、片方は革、もう一つは毛足の長いファー素材のカバーがかけられていた。唯一モノトーンから逃れたクッションが、暗いカシスの色味だ。

「かっこいい部屋だね」

私は呟きながら、写真撮影のスタジオででも使われていそうな、金属製の脚の部分が鈍いゴールドの、背の高いルームライトを見上げた。非常に洗練されてはいるけど、モデルルームにいるみたいで生活感がまったく無く落ち着かない。

「仕事仲間が紹介してくれたコーディネーターさんに家具とか全部頼んだから。私この部屋に来る前は寮の狭い部屋に他のレッスン生と二人で住んでたから、なるべく荷物持たないようにしてて、引っ越すときも段ボール箱三つくらいで事足りたの。家具は部屋の備え付けを使ってたから一つも持ってこなかったし。だからこの部屋にあるものはほとんど新品なうえ、私が選んだものじゃない。でもそれが気に入ってる。他人の家みたいで」

「他人の家みたいな方が良いの?」

「うん。家にいる時間が長くないからあんまり汚れないけど、いつもはもっと散らかってるよ。週一でハウスキーパーの人が来てくれて、昨日掃除してもらったから今日は片付いてるけど」

料理とかしそうにないと勝手に思っていたけど、彼女が運んで来たのは黄色いソースの上に美しく盛られた、プロが作ったみたいな仔牛肉の料理だった。

「美味しそう! すごいね、こんなの自宅で作れるなんて」

「白ワインとビネガーで味付けしたんだけど、平気かな? あとローズマリーとセージも使ってるんだけど、ハーブは大丈夫?」

「うん、基本食べられないもの無いから。いただきます」

骨付き肉は肉自体が上質なのかジューシーで弾力が歯に心地よく、下味がよく染みこみ風味も良かった。申し分なく美味しいのに、彩夏は一口食べると暗い顔になった。

「肉を焼きすぎたみたい。生焼けだったらどうしようと思って、オーブンに入れる時間を延ばしたんだけど、そのせいでちょっと固いね」

「そんなことない、すごく美味しいよ」

添えられた温かいパンにバターを塗りながら私は言った。

「ならいいんだけど。昨日練習したときの方が上手くできたな」

付け合わせの野菜はさつまいもとパプリカ、あとは食べたことはあるけど名前の知らない一品。

「この白いつぶつぶしたの何？」

「ポレンタ。とうもろこしの粉をおだしで煮てるの」

「へえ、凝ってるね。こんなのレストランで食べるときしか見たことないよ」

彼氏を初めて家に呼んだなら分かるけど、友達が遊びに来ただけでこの料理の気合の入れ方。世界観が出来上がり過ぎているこの部屋といい、完璧主義なのだろうか。

「まだパン食べるよね？　次はこれと一緒にどうかな、トリュフのオイル漬け」

冷蔵庫から持ってきた瓶を彩夏が開けると、白い皿の上にオイルと共にスライスされたトリュフが広がった。

「え、買ったの？」

「自分で漬けた」

張り切って作ってみたのか、それともきゅうりを漬けるような感覚でトリュフを漬けるタイプの人なのか分からなくて、コメントが思いつかず、とりあえず一切れ食べてみた。本体よりもオイルの風味が強く、むせ返るようなトリュフの芳香が溶け込んでいる。

ワインが回ってきて、私はどうしても深く踏み込みたくなった。

「ねえ。単刀直入に訊くけど、琢磨さんと別れ話してるんだって？」

「なんで知ってるの」

「この前、弱りきってる琢磨さんと、颯も含めて三人で飲んだからだよ。琢磨さんがあんまり落ち込んでるから、心配した颯が誘ったんだ」

「そう、知らなかった。別れ話をして以来、琢磨とは連絡取ってないから」

「そのときに琢磨さんから経緯を聞いちゃったんだ。別れ話の原因についても知っちゃった。そっちに好きな人ができたんだって？」

「そうだよ。琢磨には、あなたじゃない人を好きになってしまったから別れてください、って言った。私は心変わりして、あんなに想ってくれた優しい琢磨を振った。最低の人間」

本当だねと頷きたくなったが、彩夏の暗い表情を見て口をつぐんだ。

「まあ、別の人を好きになっちゃったらしょうがないけどさ、かなり急じゃない？　夏の旅行では二人はあんなに仲好かったのに、好きな人ができたらそんなに簡単に壊れちゃうものなの？」

「最高の恋人だった」

彩夏は呟いた。

「琢磨は付き合ったときからずっと優しくて私を見守ってくれて、どんなに私の状況が変わっても変わらず愛してくれて、だからあの人を悲しませてしまったのが、自分でも許せない。でも私はいまの恋をどうしても諦められない。人をこんなに好きになることが世の中にあるって、今まで私は知らなかった」

最高の恋人を超えるいま好きな人とは、一体どんな人なの、もう付き合ってるのと訊きたくはあったが、いま一歩踏み込めない。

「人の心は上手くいかないものだよね。琢磨さんの話を聞いたときは、なんでって思ったけど、彩夏にも彩夏の事情があるんだろうね。うちの方もね、最近さ、颯が結婚て言葉をよく口にするようになったんだけど、何考えて言ってるか分からなくて」

あまり深く追及してはいけないと、話題を自分のことに移したが、彩夏の顔色がさっと変わり、自分が話題選びを間違えたと気づいた。当たり前だ、最近恋人と別れたばかりの人にする相談じゃない。

「ごめん、どうでもいい話を始めちゃった」

「逢衣は颯さんと結婚したいの？」

「颯がその気なら、いつでもしたいよ。まだ二十五だからちょっと早いかなとも思うけど」

彼女は暗い顔をして俯いた。

「どうしたの？」

「なんでもない」

使い終わった食器を持って立ち上がった彩夏はどう見ても普通ではなく、キッチンへ入り、そのまま奥の廊下に消えて、戻って来なかった。しばらく時間が過ぎ、明かりの消えた廊下を覗き込んでみたが彼女の姿は無い。トイレにでも行ったのかと思ったものの、トイレもバスルームも電気が点いていない。薄暗い廊下を進むと、一つだけ半開きのドアがあって、そこも暗いままだったが、覗くと人の気配がした。中へ入るとベッドに彩夏が突っ伏しているのが見え、私は彼女の頭の方まで近づいた。

「彩夏どうしたの、大丈夫？　お腹でもくだしたの？」

彼女は顔を上げずに首を振る。洟をすすり上げている気配を感じて、彼女と同じ目線の高さまでかがんでいた姿勢のまま私は固まった。

淡々と話していたけどやっぱり琢磨と別れたショックを引きずってたんだ。悲しさを隠して明るく振る舞っていただろうに、私が颯の話をしたから、余計落ち込ませてしまった。私は突っ伏したまま動かない彼女の側頭部を指でつついた。

「彩夏、ごめんね余計な話して。琢磨さんとのことも、二人の関係をよく知らない私が色々と訊くべきじゃなかった。私そろそろ帰るね、彩夏はこのままゆっくり休んで」

顔を上げた彩夏の瞳が廊下からの僅かな明かりに照らされて、乱れた髪の隙間から私を見つめた。恐いくらいに真剣な表情の意味が分からず、思わず顔を覗き込む。

腕を伸ばし私の後ろ首を摑んだ彩夏が急に私に覆いかぶさってきて、短く息を吸いこんだあと唇を私の唇に強く押しつけた。変な冗談、とりあえず笑って避けようと顔を背けるが、間近で彩夏の息を吞む音が聞こえてまた唇を奪われる。押し戻そうと力を込めても彼女は覆いかぶさったまま離れない。

彼女の腕の細さからは想像がつかないほどの腕力で完全に固定された私の首は、動かしたくても動かせず、顎を引き僅かな隙間を作っても彼女の唇は私の唇を執拗に追い、放そうとしない。私の抗議の声は唇の隙間から強引に割り込んできた彼女の熱い舌に吸い取られ、仔牛肉の味がするお互いの唾液が混じり合う。

手で彼女の背中を叩きながら首を激しく左右に振りようやく彼女の力から逃れると、ふらつきながら立ち上がりドアに向かったが、ベッドを飛び下りた彼女の方が早くたどりつき半開きのドアの前に立ちふさがった。

「部屋から出して！　悪ふざけしないで」

私の呼吸は完全に乱れ肩で息をしていたが、弱い態度を見せるわけにはいかない、隙を見せたら次は何をされるか分からない。なぜか私の頰は濡れていて原因は彼女の唾だと思い当たると、侮辱されたようで不快で鳥肌が立った。

ドアの細い隙間から漏れる明かりに顔を一筋だけ照らされた彩夏は、瞳を大きく見開き、私を逃がすまいと背中と両手をドアに強く押しつけている。

「違う、ふざけてなんかない。どこにも行かないで、一人じゃとてもやってけない。こんなに逢衣が好きなのに」

なにを言ってるの、この人は？

近寄ってきた彼女が私を思いきり抱きしめる。

「ねえもう好きで好きで抑えられないよ、逢衣を見るだけで身体の細胞が全部入れ替わってしまうくらい好き。どうすれば良いか自分でも分からない。秋田のホテルで逢衣を一目見たときから気になって仕方なかった。何かの間違いだ、逢衣は女だし私にそういう趣味は無いしと思って忘れようとしたけど、東京に帰ってきても日に日に想いが強まって忘れられそうにない」

耳元で囁く彼女の声は低く、直接鼓膜へ送り込まれる。

「逢衣には颯さんがいるのは分かってるのに全然諦めきれない。琢磨とも別れるしかなかった。こんなに逢衣が好きなのに自分の気持ち偽ってあんな良い人と付き合い続けられるわけがない」

同じ身長、同じ顔の高さで、私の耳にかかる彩夏の吐息が熱い。

「冗談でしょ」

「冗談でこんなこと言う人っているの」

彼女は一層腕に力を込めて私に密着した。彼女がいやに堂々としているせいで、逆に私の頬は暗がりでよく見えないのがありがたいと思うほど耳まで火照った。

「私は恥ずかしいよ彩夏。友達だと思ってたのに、こんな裏切り方。だって、さっきのだって、私なんにも同意してないよ」

「私は逢衣を友達なんて思ったことなかった、最初からずっと好きだった」

もういいからと言おうとしたけど、彩夏が私の首にまた唇を当てて舌を這わせ強く吸う。熱く湿った感触に思わず悲鳴が出た。私の顔にかかる彼女の長い髪も甘い香りの体臭も細くとがった肩も全部が全部、女の情報ばかり。そんな気持ちはまったく無かった私の身体は、激しい拒否反応を起こして強張っていた。

指に力を込め彼女の顔を無理やり引き剝がし頰を平手打ちしようと手を振り上げたが、すがるように私を見上げる彼女の表情に動きを止めた。廊下の明かりに照らされた、薄く涙の張った大きく美しい瞳。しかし造形の美しさよりも黒目の奥に宿っている情熱の方が際立っていた。本当だ、この人は冗談を言っていない。

「もういいから。どいて！」

彩夏の腕から力が抜けた隙に私は彼女を振りほどき、ドアを開けて大股で廊下へ出ると、リビングにバッグを取りに行き靴を爪先に引っかけたまま彩夏の部屋を出た。彼女は追いかけて来なかった。エレベーターを待ちながら身体の震えを抑えきれない。状況に頭がまったく追いつかない。

どう歩いたかも思い出せないまま、気が付けば駅に到着し自動改札を通り過ぎていた。駅のホームで電車を待っている間、ふと広告の横の鏡に自分の顔を映すと、ちょうど首の中間辺りに小さな赤い痕が残っている。彩夏に対して熱い怒りが込み上げてきて、鏡を割りたくなった。

ふざけるな！　こんなの理解できるわけない。

私は手で首を隠すとホームにすべり込んで来た電車に乗った。


彩夏から告白されたなんて、琢磨にはもちろん颯にも絶対に言えない。私の心は乱れてちっとも平静を取り戻せなかったが、根性で出勤し、颯とは何事もなかったように同棲生活を続けた。

あの暗い寝室での出来事が本当に起きたことだとは日が経つにつれ段々信じがたくなった。私の方に何か勘違いがあって彩夏を誤解しているのではないだろうか？　彼女が私に告白なんてするだろうか。

しかし唇に残された彼女の唇の感触は、逆に日に日に生々しさを増す。二度も唇を押し付けられて。もしかして私に隙があったのかもしれない。飛び上がるほど恥ずかしい。

一度目は不意打ちだったからしょうがないとしても、なぜ二度目を避けきれなかったのかというと、彼女を避けようとして顔を背けたら、彼女が素早く私に合わせて顔の角度を変えたからだった。なんであんな野性的に俊敏に動けるのか。恐ろしい。

私は一切彼女について考えないで日々を乗り切ろうと努力した。幸い彼女からはその後連絡はなく、あの店へご飯を食べに行きたいとか美術館へ行こうなどと話して漠然と立てていた遊びの予定もすべて白紙となった。

自分に少しでもそんな要素があるなら彼女の気持ちも分かるけど、真顔が恐いと言われることはあっても、男っぽい顔と言われたこともないし、身長はある方だけどそれは彩夏も同じだ。ボーイッシュなファッションもしていないし、彼女も全然そうではない。琢磨のようなどこから見ても男性的なタイプの人と付き合っておきながら、どうして今は私なのだろうか。

「逢衣は最近サイコロと会ってる？」

颯に訊かれてぎくりとした。彩夏があの夜の出来事を颯か琢磨に打ち明けたのではないか。

「この頃は会ってないよ、なんで？」

「さっき琢磨から電話がかかってきて、〝彩夏が仕事を続けられないほど深く落ち込んでて、鬱病ぽくなってるから所属事務所が困ってる〟ってさ」

「彩夏が琢磨さんに連絡したの？」

「いや、琢磨とサイコロは事務所に付き合いを反対されてたけど、唯一マネージャーは黙認してたみたいで、今回の件もそのマネージャーから聞いたらしい。マネージャーは、サイコロは琢磨と別れたせいで元気が無くなったんじゃないかって言ってたらしいんだけど、でも琢磨の方はサイコロが新しく好きになった人との方に問題が出て来たせいだと思ってて、自分はなんもできないって悩んでる。ややこしい状況だよなぁ」

　私はただ神妙に頷いた。

「お前はサイコロと色んなとこに遊びに行くぐらい仲好くなったんだから、ちょっと見舞いにでも行ってやったらどう？　何に落ち込んでるのか知らないけど、仕事を何日も休むなんてやばいだろ」

　彩夏が落ち込んでいるのは自業自得、ひどいことを私に対してしたんだから、ざまあみろ、少しは反省しろと思ったが、仕事を休んでいるという言葉は私の胸をざわつかせた。身体を売る以外はなんでもやって、ようやく今がある、と彼女は言っていた。せっかく努力して摑みとった仕事をこんなことのために犠牲にしてほしくない。〝彩夏のファンになる〟と宣言した私の気持ちは、続いている。仕事に対する夢を諦めた私にとって、何が正解か分からないまま十五歳のころから働きづめだと語ったあのときの彼女が、眩しかった。

　心の隅で気にしながら一週間が過ぎ、颯に頼み、それとなく彩夏の様子を琢磨に訊いてもらったら、仕事は無理やり復帰したものの身体の状態は一向に良くならず、さらに悪化して通院しているという。現場に行っても仕事を半分もこなせずに倒れてしまう状態が続いているので、事務所が長期療養を検討しているとマネージャーが言ったという。ネットで検索してみると、体調不良で会見を欠席したなどという最近の記事がいくつか出てきた。仕方なく様子うかがいのメールを打っていると、「さいか」の変換候補に「災禍」と出てきて、まさにあいつはコレだと字面を見て確信した。

　しかし、返事はない。

　もう彼女には関わりたくなかったが、活動休止などとなったらさすがに寝覚めが悪すぎるので電話をかけてみた。彩夏はすぐに出たが何も話さず無言で息をひそめている。

「もしもし、琢磨さん経由で聞いたけど、最近仕事をサボって休んでるらしいじゃない。仕事がどれだけ大事か私に説いたこともあったくせに」

　できるだけ優しく話しかけるつもりだったが、電話が繋がった途端あの夜の憤りと恥ずかしさがぶり返して、声に怒気がにじむ。私の携帯を持つ手は緊張して上手く力が入らなかったが、声は険しかった。

「サボってるわけじゃない。ほんとに身体が動かなくなった。起き上がろうとしても眩暈(めまい)がしてまた倒れちゃう。こんな風になったのは生まれて初めてだよ」

寝転がっているらしい彩夏の声が響く。

「なにか深刻な病気にかかってるんじゃないの?」

「検査したけど見当たらなかった。医者は精神的なものから来る症状だって」

「琢磨さんと別れたのがショックだったんだね」

「違う。ねえあの後、逢衣はちゃんと帰れた? 動揺させちゃったみたいだから事故に遭ったりしてないかと心配してた。連絡したかったんだけど迷惑かなと思って」

彩夏の声が友達として話しかけてきたときと明らかに違うのは、電話越しでも伝わった。その声だけで、勘違いだったんじゃないかという私の希望的観測は打ち砕かれた。惚れている人と話す女特有のしっとりした声で、耳がむず痒(がゆ)い。

「何、私のせいだっていうの。私の態度が悪かったから体調崩したってこと?」

「そんなつもりじゃなくて。ごめんなさい」

「身体がどうもなくてただ心の問題なら、じゃあやっぱり甘えてサボってるだけの、甘え病だよ。彩夏が休むと困る人がいっぱいいるんだから、早く復活しなよ! それじゃね!」

普通なら心が弱っている人に対して〝甘えだ〟などとは決して言わないが、彩夏が本当に弱っているらしいのを察すると、なぜか苛ついて叱り飛ばしてしまった。

私は言いたいことを言えてすっきりはしたが、それで彩夏が仕事をちゃんとやろうと決心するかと言えば、おそらくしないだろう。落ち込んでいる人間を奮起させる言葉はまったく言えなかった。また彼女の訴えた症状が、私に関する心労で倒れた母の症状と似ていることも不安を誘った。母も初めは眩暈と耳鳴りがすると言っていて、無理して通常の生活を続けようとしたために、途中で心が完全に折れて長らく休む羽目になった。いま売り出し中の彩夏が長い間立ち直れなくなれば、芸能生活に響かないわけがないのは、素人の私でも分かる。

道の途中何度もため息が出た。私は再び彩夏のマンションを訪れると、彼女の部屋番号を入力してインターホンを押した。

「はい。あれ、どなたですか？」

応対したのは彩夏とは違う女の人。私が名乗ろうとすると、インターホンのカメラで私を見たのであろう彩夏が、女の人に何か言っているのが聞こえた。

「サイのお友達ですね。どうぞお上がり下さい」

ドアの前まで来ると、眼鏡をかけた女性が招き入れてくれた。部屋に入るとリビングのソファに寝転んでいた彩夏は頭だけ持ち上げ、まだ信じられないという風に私を凝視した。その姿を見ると、彼女の精巧な美しさは思っていたよりずっと脆いのだと気づかざるを得なかった。一つ間違えば不健康にも病的にも見えるぎりぎりの美しさのラインに彼女は立っていた。そして今はその綱渡りから足を踏み外し、ソファの上で、栄養失調のコウモリみたいに萎れている。

「この度はお見舞いありがとうございます。荘田彩夏のマネージャーの米原(よねはら)です」

米原さんが折り目正しく私に名刺を差し出した。プライベートではあまり名刺交換をしたことはなかったけど、私も自分の名刺をケースから取り出した。彼女の名刺には〝オフィスNJ　マネージャー　米原薫(かおる)〟と書かれていた。三十代半ばくらいの真面目そうな女性で、彩夏を本気で心配しているらしく、私と話している最中も彩夏の身体に毛布を掛け直したりしている。

「南里逢衣です。マネージャーさんについては琢磨さんから聞いてました」

「南里さんは中西さんともお知り合いなんですね。中西さんには私が焦って連絡してしまい、ご迷惑をおかけしました。サイとお付き合いされていたときは、別れるようにこちらが何度もお願いしたのに、中西さんはそのときのことは忘れてできるだけ力になりたい、と言って下さったんです。とても優しい人ですね」

「はい、琢磨さんは今の彩夏の状態に心を痛めている様子でした。ねえ彩夏、一体どうしちゃったの？　ちゃんと仕事しなきゃ駄目じゃない。琢磨さんも心配してたよ」

よそよそしくぎこちない口調の私には騙されないとでも言いたげに、彩夏は用心深く黙りこんだまま、じっと見つめている。目の前に現れた人間の出方を窺(うかが)っている捨て猫のようだ。

「サイのダウンは働かせすぎた私たちの側にも問題があったと反省しています。いままでサイが音を上げたり休んだりしたことが無いのをいいことに、仕事を詰め込みすぎました。ほとんど寝る暇も無いなかで、むしろよく保ったのではと私は個人的には思います。身体だけでなく精神的な負担も多い仕事なので、彼女みたいにある日突然メンタルが整わなくなって倒れてしまう所属タレントは多いんです。あ、前に金曜日の夕方は仕事を入れるなっていきなり言われて、スケジュール組むのにすごく苦労したことはあったんですけど」

　西池袋のカナエだ……思い当たった私は少し可笑しくなったが、あのときとは変わってしまった二人の関係に、涙が出そうになった。

　首に唇を当てられたときに、彩夏の顔を無理やり押し返した私の手が当たり爪で引っ掻いたのか、彼女の上唇に斜めの赤い傷痕が鋭く残っている。一生の傷にはならなそうだけれど、完全に見えなくなるにはあと一週間くらいかかりそうだ。彼女にとって商売道具なのに傷つけてしまったという後悔と、生々しくあの夜の出来事を思い出させる傷が腹立たしいのとで、思わず顔を歪めてしまった。私の視線に気づいた米原さんが再び口を開く。

「おまけにひどい口唇ヘルペスもできて、カレンダーの撮影も延期になって、まあ疲れが溜まってたんでしょうね」

　ヘルペスだって嘘ついてるのか。私が冷ややかな目を向けると、彩夏はきまりが悪そうにソファの背の方へ顔の向きを変えた。

「でもサイが元気なことを前提で入れた仕事がどんどん滞ってきて、このままでは違約金を払わなければいけない事態になるので、私たちも頭を悩ませています。具体的な損害が出る前に、彩夏の心の調子が回復してくれると良いのですが」

「少し彩夏と二人で話してもいいですか」

「もちろんです、奥の寝室を使ってください。サイももう寝る予定でいたので」

　あの寝室か。足の裏が変な汗で湿ってきたけど、変に拒否してもおかしいし、受け入れるしかない。行くよ、と彩夏を促すと彼女は毛布を抱えて黙って後ろについてきた。

　寝室のドアを内側から閉めた途端、私はさっきまで米原さんに向けていた笑顔を拭い去り、ベッドにすべり込んだ彩夏を厳しい目で見つめた。

「口紅要らずの顔になったね」

「代わりにコンシーラーはいっぱい使ってる」

「自分のせいでしょ。ねえ、好き勝手するのもいい加減にして。この前あれだけ私に好きなように振る舞って、まだわがままを通すの？　仕事に行きたくないほど落ち込んでるのは私の方だよ」

「ごめん」

「別に私が浮気したわけでもないのに、琢磨さんにも颯にも申し訳ない気分になったし！」

私は米原さんに聞こえないよう小声で、囁いた。

「あんた自分が女だからってことで意識は薄いかもしれないけど、嫌がってる人間に無理に性的なことをしかけたら、れっきとした犯罪だからね？　私は絶対に許さないから。今度同じようなことしたら警察に突き出すよ、いい？」

彩夏は上掛け布団のなかに頭を隠した。

「分かった、ごめん。もうやらない。あの夜は逢衣がもう結婚しちゃうんじゃないかって思ったらすごく焦って、気づいたらあんなことに」

「次は許さないからね」

念押ししながら私は不安になった。次ってなに？　こんなことを言うなんて、私はまだ彼女にこれからも会うつもりでいるのだろうか。彼女の気持ちを知ってしまった今、もう普通の友達同士になんか戻れるわけないのに。次、私たちはどんな顔をして会うんだろう。どんな間柄として会えばいいんだろう。

「もうそろそろ気持ち立て直して仕事に専念して。ちゃんと食べて、ちゃんと寝て。せっかく私が直接叱りに来たのに、元気にならなかったら許さないからね。分かった？」

「はい」

「じゃあ用事は済んだから私は帰るわ。あとはマネージャーさんに面倒見てもらって」

返事はなく、代わりに布団のなかから左腕だけがそろそろと伸びてきて、私の服の裾を摑んだ。

「また来てほしい」

「はあ？」

「逢衣と少し会えるだけで私は朝から晩まで仕事できそうなくらい頑張れる。顔を見られただけで明日も生きようって思えるくらい元気が湧く。本当は毎日でも会いたい」

「調子良いなぁ」

彩夏の手が移動し、私の手を探り当てて弱く握る。振りほどけない。

「この前、びっくりした？」

「当たり前でしょ。ほんとは私のこと、からかってるだけで全部嘘なんでしょ」

「そう思う？」

私はもう、そう思っていなかった。私の手を大事そうに両手で持つと、彼女は自分の頬に私の手のひらを押し当てた。

「あんなことしてもう二度と会えないかもって思ったら、動けなくなるほど落ち込んだ。私だって今まで頑張ってきた仕事を途中で諦めたくはないよ、でも身体が言うことを聞かない。こんな気持ちになったの初めてなんだ。逢衣を見ると全身の血が沸き立つ」

「いままでは男と付き合ってきたけど、自分が本当に好きなのは女だって、初めて気づいたっていうこと？」

自分の言葉に動悸が速くなってゆく、耳鳴りがする。

「違う。男も女も関係ない。逢衣だから好き。ただ存在してるだけで、逢衣は私の特別な人になっちゃったの。逢衣に会うまで女の人なんてむしろ嫌いなくらいだったよ、どんな魅力的な女の子でもライバルとしか思えなかったし女友達もほとんどいない。でも逢衣だけは性別を超えて、特別の格別の存在として私の目に入ってきた」

一目惚れというやつなのかもしれない。でも、少しくらいは相手を選ぶべきでは？ひたすら困惑だけが薄黒い雲になって心を覆う。

「あのさ、はっきり言うけど、私は女の人は好きにはなれないよ」

「女の人を好きになれなくてもいいよ。私さえ好きになってくれれば」

私は思わず彼女の額をこづいたが、二の句が継げない。性別は関係ないって簡単に言うけど、誰かを見たとき最初に登場する馬鹿でかいフィルターを、度外視するなんてできるのだろうか。女の友達として心を許しきっていたあのタイミングでダイレクトに想いを打ち明けられて、心臓を直接摑まれたように動揺し続けている。ずっと素で接してきて、今さらバリアも虚勢も張ることができない。

「ていうか、私には颯がもういるんだよ。私があの人と別れる気なんて全然無いこと、彩夏も知ってるでしょ」

「うん。ごめんなさい」

彩夏が私の手を放して俯く。またひどく落ち込みそうになる彼女の気配にあわてて、私は言葉を継ぎ足した。

「気が向いたらまた来るから。今日はゆっくり寝て」

彼女は布団で顔を覆い、

「今日は来てくれて本当にありがとう」

と掠（かす）れた声で言った。

彩夏が猛然と仕事を再開したことを、米原さんが私の名刺にあるアドレスに送ってくれたメールで知った。私が見舞いに行った翌日から彩夏は元気を取り戻して気力も体力も回復し、以前と同じ熱心さで仕事に臨むようになった、南里さんには感謝している、とあった。自分のもたらした劇的な効果に一種複雑な感情を抱えながらも、彼女がまた仕事に健康体で取り組めるようになったことは単純に嬉しかった。琢磨からも颯を通じてメッセージが送られてきた。

『逢衣さん、彩夏のところへ行ってくれてありがとう、米原マネージャーから聞きました。逢衣さんに活を入れられたことで彩夏がまた芸能活動を再開できるようになったこと、嬉しく思っています。あいつは女友達が少ないので、逢衣さんの存在は貴重なのだろうと思います。

僕たちは昨日ちゃんと話し合い、正式に別れることにしました。ここに至るまで、颯も逢衣さんも色々と巻き込んで、騒がせてごめん。彩夏とは別れることになったけど、秋田で四人で遊んだのは良い思い出です。また飲みましょう！』

「琢磨さん、良い人すぎる」

彼からのメールを読み泣きそうになりながら呟くと、横で颯もため息をついた。

「あいつは昔からああいう奴だよ。自分の想いより他人の想いを優先するんだ。俺と違って子どもの頃から辛抱強くて、順番譲ったり、遊び道具貸してやったりしてたから、すごいなと思ってた。そりゃ琢磨よりきらびやかな男が彩夏さんの周りにはたくさんいるだろうけど、琢磨ほど優しくてしっかりした男はもう見つからないんじゃないかな」

颯の言葉に、後ろめたい気持ちが靄(もや)のように湧き起こり心が白く濁った。彩夏の好きな相手が私だと知ったら、颯も琢磨さんもどんな反応をするだろう。

彩夏からは初め遠慮がちに、しかし再び頻繁にメールが送られてくるようになった。三回に一回ぐらいの割合で返していると、次第にその日こなした仕事の報告の文面に、また会いたい、逢衣の顔が見たい、などの言葉が紛れ込むようになった。

引っ越しがようやく落ち着いたと真奈実から連絡があり、完成した一戸建てに招待されて地元へ帰った。真新しい白い壁の二階建て。秋の陽光を浴びて幸福そうに輝き、植えたての芝生や植栽が生き生きと庭を彩っている。私を出迎えた真奈実は相変わらずの元気な笑顔で、まだ段ボール箱が残ってて見苦しいけど、と言いながら家のなかへ案内してくれたが、ようやく建った新しい家に満足している様子が伝わってきた。彼女は長男、長女、次男の三人の子どもを引き連れて、おまけにトビーというヨークシャーテリヤまで飼っていたので、しょっちゅう誰かしらの世話をしている印象を受けたが、疲れた様子もなくパワフルだ。

「みんなしばらく見ないうちに大きくなって」

三人の子どもたちを前に、ありきたりな表現だったが、本当に彼らが予想以上のスピードで成長していたので、そう言うしかなかった。前に会ったときにはまだ幼児だった上の二人の子たちは背丈が伸び身体のバランスも少年少女に近づいて、浮かべるはにかんだ表情が愛らしい。生まれて間もないころお祝いに訪れた次男は、もうその辺を走り回るほど成長していた。

子どもたちはテレビのアニメを三人で仲好く観つつも、かわるがわるダイニングテーブルの椅子に座っている真奈実の側に寄ってきて、抱きついたり膝に頭を寄せたり、可愛い仕草で甘える。

「久しぶりだね逢衣。丸山先輩とは上手くやってる？」

真奈実は高校のときからの親友なので、当然同じ学校だった颯のことも知っている。颯が実家に来たり、時々結婚という言葉を口に出したりするようになったと聞いて、彼女は手を叩いて喜んだ。

「それは明らかに結婚意識してるよ！　いやー、おめでとう、高校のときからあんたと丸山先輩を知ってて、あんたの片想いを応援してきた身としては、本当に感慨深いよ」

「でも結婚っていっても世間話みたいなノリで話してくるから、深い意味は無いか、私をからかってるだけかもしれないよ」

「そんなわけないでしょ、なんらかのサインに決まってる。ちゃんと確認したいなら、次にまた結婚の話題が出たら、さりげなく訊いてみたらどう？　〝私と結婚したいの？〟って」

「全然さりげなくないし」

二人で笑う。そう、私はこういう会話を彩夏としたかったのだ。一体誰が、この話からあの展開に行き着くと思うだろうか。

「校門で毎朝生活指導の岡持（おかじ）と喧嘩（けんか）してたあんたが、結婚して妻になるなんて信じられない」

「だから、気が早いってば。っていうより、客にも睨みをきかせる店員だった真奈実が優しいお母さんになったことの方が驚きだよ」

「私の場合、気づいたら子どもができてて、あっという間に三人にも増えちゃったから、心の準備もなくお母さんになった感じだったよ。丸山先輩も高校のときはやんちゃだったのに、社会人になってからはちゃんとしてるから安心して親友を任せられる。男選びで何より大事なのはちゃんと仕事をしてるかどうかだからね」

真奈実の結婚は二十歳と仲間うちでも一際早かったが、子ども三人に加え犬まで飼っている彼女の生活は、恋人は居るけど未だ独身の私には、想像もつかない。結婚五年目になる彼女たち夫婦はケンカしつつもいまでも仲が好い。

「ちゃんと勤めてるかどうかなんて、そんなに重要なこととは思えないけど。気が合うかどうかが一番大切じゃない？」

「なに寝ぼけたこと言ってんの、結婚生活にはお金が一番大切だよ！　愛とか恋とか言ってんのは最初だけで、あとは現実の生活だけが残るからね。そのときにジリ貧だとかなり険悪なムードになるよ。逢衣は覚えてるかな、高校のとき私と同じバレー部だった、ミイナ。あの子なんか飲んでばっかりで仕事が長続きしない旦那に捕まって、いまはしょっちゅう泣きながら私に電話かけてくるよ。ああなったら悲惨。丸山先輩なら安心」

　高校時代から変わらない、真奈実の丸山先輩という呼び名が懐かしい。かつては私も颯のことをそう呼んでたっけ。友達が太鼓判を押してくれる人と結婚できると思うと、改めて幸せを感じた。

「そうだ、真奈実はこの人知ってる？　私たちと同い年なんだけど」

　ふと思いついて携帯で彩夏の画像を見せると、彼女は首をかしげた。

「うーん、見たことあるような、無いような。顔はドラマとかで見たような気もするけど、名前は覚えてない。この人がどうかしたの？」

「ううん、別に何もないんだけど、ちょっとどれくらい有名か確かめたかったから」

「なら、私はあてにならないよ。最近はテレビはほとんど子どもに合わせてアニメか教育番組しか観てないから、流行りの人には疎くて」

　彼女はそう言うが、つまるところ彩夏の知名度もまだそれくらいだということだろう。彩夏は色んな媒体に顔を出しているが、まだ世間への浸透度は低いみたいだ。彩夏とのことを真奈実に相談したい気もするが、颯とのこととは違って非常に言いにくい。

「ねえ、丸山先輩と結婚したら、うちの近くにあんたたちも家建ててよ。そしたらしょっちゅうお茶したりできて、楽しそう」

「結婚を機に地元に戻るのも、確かにアリかもね。真奈実はこの家を建てて、使い勝手とかどう？　私が家を持つのはいつになるか分からないけど、参考にしたいから良かったら教えて」

「だったら間違いなく浴室乾燥機と床暖房！　ほんと付けときゃ良かったって今更後悔してるけど遅いよ！　後付けだと工事費用も割増しでかかるしね。あと重要なのはトイレと寝室の位置。足腰が弱くなった老後のことまで考えてその二つを配置した方が良い。それから……」

家を建てる際にたくさん勉強したのか、彼女は色々と教えてくれた。


真奈実の家を出ると私は彩夏にメールで連絡を入れた。会おうと何度も言われていた約束を消化するためだったが、今日を選んだのは、真奈実と話したノリのままで彼女に会えば友達同士として自然に振る舞えそうな気がしたからだった。今から会える？　というメッセージに対して、いま家に居るから来て、と即時に返ってきたので、私はその足で彼女のマンションへ向かった。

なんだかんだ言いながらもこのマンションには結構来てるなと思いながらエントランスでインターホンを鳴らすと、彩夏がオートロックを解錠してくれた。

「こんにちはー」

今から行くと連絡を入れていたのに、玄関のドアを開けた彼女は驚いた瞳で私を見つめている。今日こそは前みたいに話せるとついさっきまで思っていたのに、彼女の顔を見た途端全身に緊張が走り、普通の声が出せたのは挨拶の第一声だけだった。軽い気持ちでこの家に再び来てしまったことを後悔した。彼女はすっぴんでラフな部屋着姿で玄関に立っていて、足元は裸足(はだし)のままだ。

「おじゃまします。駄目もとでメールしたけど、彩夏も空いてたみたいで良かった」

「さっき仕事から帰ってきて、お風呂入って寝るつもりだった。ベッドで携帯のアラームをセットしようとしたら、逢衣から連絡が入って、飛び起きたの」

「寝る？　まだ夕方じゃない、早くない？」

「明日、夜明けから撮影が入ってるから」

「そっか、忙しいんだね。じゃあ今日は邪魔しないように早めに帰るから」

「まさか。いくらでも居て。入って」

彩夏は私の腕を取って廊下を歩き出した。

「使って」

手渡されたハンガーに脱いだジャケットをかけて返した。

「ありがとう」

「これも預かってあげる」

彩夏は私の脇腹に手を伸ばすとカットソーの裾をたくし上げて、脱がそうとしてきて、その下はもう下着しか身につけていない私は、彼女の手を振り払い、露出した脇腹を隠した。彼女は声を立てて笑っている。油断も隙もない。

途中で買ったケーキを二人で食べながら、私は彩夏に近況を尋ねた。

「最近仕事頑張ってるみたいじゃない。金曜に始まった新ドラマ観てるよ、変わった役だよね。超能力者だっけ？」

「うん、私は脇役だから出番もそんな多くないし、もう全シーン撮り終えた」

「え、もう撮り終えてるの？　じゃあ結末どうなるかも知ってるよね、教えて」

彩夏は首をゆっくり左右に振る。

「嫌。教えない。教えたら満足しちゃって観なくなるでしょ」

そんなことないのに。役作りのためか彼女の髪の毛は銀色のメッシュが分かりやすい太い束感で随所に入っている。

「インチキ超能力者の役柄もおもしろいけど、次は青春ドラマで恋してる役が欲しいな。いまなら上手く演（や）れそうな気がする。逢衣への感情を表現すればいいだけだから」

すぐに返せる軽口が思い浮かばない。

彩夏の口から私への想いを聞かされると、心をかき乱される。なぜだろう、苛々する。もう聞いていたくない、彼女の考えてることなんて知りたくない、と身体全体が拒否する。平手打ちして無理やり黙らせたいくらい。

「あのさ、彩夏は私のこと好き好きって言うけど、一体いつ好きになったの？」

「いちいち説明しなきゃだめ？」

「だって、分からなすぎるよ」

「私にも分からない。一目惚れを説明しろなんて難しすぎるよ、私、言葉使うの苦手だし」

それでも私が黙っていると、彩夏は眉根を寄せながら言葉を絞り出した。

「初めて見たとき、逢衣が異常に綺麗に見えて、まずいなと思って避けようとしたけど、逢衣が近くにいると、どきどきして見つめたくてしょうがなかった。琢磨が好きで、上手くいってたのに、なんであんなに意識してしまったのか、今でも分からない」

たどたどしく説明しながら、彼女は唇をなめた。

「それで二人きりになったあのとき、雷は落ちないって保証してくれたでしょ？　あれがダメ押しで。落ちたの」

「はぁ？　元は女性に興味なかったくせに、そんな簡単に好きになれるもん？」

「簡単じゃない。私なりにすごく悩んだ。でも私はあの雷のとき、もうごまかせないほど決定的に逢衣を好きになってしまったから」

彩夏の言葉を聞いて、私はむしろほっとした。

「そうじゃないかと思ってたんだ。彩夏は自分の気持ちを勘違いしてるよ。あのね、あの雷のときの私たちは〝吊り橋理論〟ていう心理で、すごく恋に落ちやすい状況だったんだよ。吊り橋を渡っているときは危険を感じて心臓がドキドキするでしょ。そのドキドキを好きと勘違いして、そのとき一緒に吊り橋を渡っていた人にときめく人がとても多いんだよ」

彩夏が、分かってないなぁという風にため息をつく。

「あのさ。雷がすぐ近くまで来て、逢衣に〝一緒に跳ぼう〟って言われたとき、正直私、この人何言ってるんだろうと思ったのね」

思い出して私は気まずくなった。

「確かに訳の分からないこと言っちゃったけど、私だって恐かったんだからしょうがないでしょ」

「うん。でも逢衣が〝跳ぼう！〟って言ったときのその真剣な瞳が果てしなく好きだった。どんなに滅茶苦茶なこと言われても、この人の言うことならなんでも信じちゃいそう、って思った。好きな気持ちは目に見えないからこそ、勘違いできない。嫌でもはっきり自分の心が分かってしまうから。こんな熱い気持ちが雷への恐怖心のドキドキと一緒なわけない。吊り橋理論なんて私でも知ってる、馬鹿にしないで」

静かな口調で断言した彩夏は、再び私を苛つかせるあの真剣な瞳でひたと見据えてきた。

「ホテルのロビーで逢衣を見たときから、私はもうだめだった。うわ、すごい好みの女イプだって直感で思った。でも女の人に対して好みがあるなんて、考えたこともなかったし、そんな風にすぐ思った自分に、かなり引いた」

「あのとき彩夏がかけてたサングラスに、誰か細工でもしてたんじゃないの」

　鳥肌が立った後ろ首を掻きながら私は言ったが、彩夏はうっとりとした様子で私の言葉に聞く耳を持たない。

「私も最初は自分の勘違いだと思ったよ。気のせいだって一旦は思った。でも逢衣と二人きりになるとドキドキが止まらなくて大変だった、車内で二人きりになったときも、シャボン玉を吹いたときも、大浴場のときも。私は普段初対面の人とでもあんなに無口になるわけじゃないんだけど、感情を隠すのに必死で、自分が逢衣の目にどう映ってたかまで考えられなくて」

　もう何も隠す気のない彩夏は、私が以前威圧感と勘違いしていたオーラを前面に出していた。きっかけがあればすぐに近寄ってきそうな、前のめりの気配。頬杖をついてこちらを見つめる視線がまとわりついてくる。

　恐る恐るといった緩やかな腕の動きで、彩夏はゆっくり私を抱きしめた。

　今すぐ立ち上がって去りたくなったけど、意識しているのを悟られたくない。身体は自然に後ろへ仰け反っていく。

「言葉で説明するより早い方法があるよ」

話している間に彩夏に微妙な変化が起きて、彼女の声のトーンが僅かに変わった。

「不思議なんだけど逢衣の側にいると私の身体にも心にも化学変化が起きるんだ。バスルームで塩素系のカビ取り剤と酸性の洗剤を混ぜちゃったら有毒ガスが発生するでしょ、たとえは悪いけどまさにあんな感じ。胸が切なさでいっぱいになって、引き寄せられるのが止まらなくなる」

本当に最悪なたとえだなと呆れながら私は断言した。

「残念だけど、化学変化が起きてるのは彩夏だけだよ」

「気づいてないだけじゃなくて？　逢衣は自分の気持ちに蓋をしてるだけじゃないの？」

「あんたはどうやったらそこまで自信家になれるの？　私は彩夏を友達としか思ってないから、どれだけ近づいても化学変化は起きない」

できる限りの抑揚をつけて、〝化学変化〟を強調した。

「へえ、言ったね。じゃあ私が何しても平気なんだよね」

彼女は目を眇(すが)めて私を見つめた。私は彼女のこの視線を誤解していた。意地悪さがにじみ出ているのだと思っていたが、実際は私を抜け目なく観察し、私の言動や動向に過敏に反応していたせいで鋭かったのだ。

「何よ。変なこと考えてるんじゃないでしょうね」

「ほら、びびってる」

「違うよ、何考えてるか分かんないから訊いただけ。この前みたいに無理やり唇を狙われるのは、気持ち悪いから嫌だけど、その他ならお好きにどうぞ。女の子に何も感じるはずない、当たり前だけど」

「ふうん」

彼女が空いている方の手で私の頬に触れる。そのまま指は顎の線までなぞったが、もちろんくすぐったいだけで変化はまったく無い。これは浮気に当たるのかなと、ちらと思ったけど、秋田の旅行でのサイコロゲームのときの颯の反応を参考にすれば、彼は私が彩夏に色々されているのを見たところで爆笑して終わりだろう。

実際私も笑い出しそうだ。笑いそう……。

いつの間に距離を詰めたのか、すぐ近くに彩夏の真剣な瞳があって息を呑んだ。彼女は私の唇には触れなかったが、代わりに私の首に唇を押しつけた。唇はなめらかに下へスライドし、頸動脈(けいどうみゃく)をなぞって鎖骨の窪みに落ち着いた。その間彼女の手は私の背中を優しく撫で、カットソーのジッパーを下ろしてゆく。

思わず身体を引こうとすると彼女は私を強く抱きしめて、深く息を吸いこみ、私の髪の香りを嗅いだ。彼女の鼻先が私の耳の縁に当たる。しつこく背中を撫で続ける手はジッパーの割れ目から滑り込んで素肌に触れた。彼女の動作はどれも真っ直ぐで、その迷いの無さにいちいち驚いてしまう。

「ねえ。全然ドキドキしない？」

「まったくしない」

笑い飛ばすつもりでいたが、徐々に身体が強張って、押し殺した低い声しか出なかった。彼女と触れ合っている部分がずっしりと熱く、想いの強さが伝わってくる。彼女の細くしなやかな髪が私の首に振りかかり、甘くまろやかなベリーの香りに包まれる。

「逢衣」

耳元で名前を囁かれて全身の血が大きく波打つ。視線をずらすと二つの瞳が間近でこちらをひたと私を見つめていた。切なげな瞳の奥へ吸い込まれそうになる。彩夏の速い鼓動と浅い呼吸に私もまた共鳴し始めている。

いつの間にか、彼女の醸し出す濃密な雰囲気に完全に呑まれていた。強固だったはずのフィルターが急速に溶け落ちてゆく。

彼女が伏し目がちに唇を私の唇に近づけてくると、見えない強い磁力が生まれて引き寄せられ、私も同じく顔を傾けて彩夏の唇を受け止めそうになった。

触れ合う寸前で我に返り、ぐいと首を正反対の方へねじ曲げた。私の肩に寄りかかっていた彩夏の身体を腕の力で引き剝がす。

「もう終わり。やっぱり私は彩夏を恋愛対象には見られないわ」

彩夏は手の位置をずらして私の鎖骨の下、胸の真ん中に手のひらを当てた。

「そう？　すごくドキドキしてるよ。耳は真っ赤だし」

わざわざ私のサイドの髪をかき上げて隠れていた耳を露出させる。めざとい。嫌がらせでも、からかう調子でもなく素直な声に、ますますいたたまれなさが募った私は乱暴に彼女を引き離すと襟元を手でかき合わせた。

「いい加減なこと言わないで、抱きしめられたら誰だってびっくりするでしょ。私はもう帰る。彩夏はまだ体調万全じゃないんだから休めるときはゆっくり休まなきゃだめだよ。それじゃね」

できる限り普通に振る舞おうとしたけど、さっきまでの空気が彩夏にも部屋にも私にもまだ残っていて、ジャケットを取り、逃れるように玄関のドアを開けて外に出た。やっぱりここは鬼門だ、世界と隔絶されて彩夏と本当の二人きりになってしまう。私の身体からはまだ彩夏に抱きしめられたときの甘い香りと心地よい重みが消えない。少しずつ仕込まれていた毒が一気に全身に回る。

ありえない、なに普通に誘惑されてるんだ、私は。

だめだ、危険、もう深く考えるな。

息が上がってきてストップをかけても思考は止まらず、頭のなかでは既に彼女と私が夢中でお互いの唇を貪り合っていた。起きながら見る悪夢、彩夏の言っていた〝化学変化〞とはこれのことか。

ようやくやって来たエレベーターに乗り、このマンションを訪れたこと自体を後悔した。嫌だと分かっていても危険と分かっていても、私はなぜ彩夏に会いに来てしまったんだろう。

絶対に無理だ、と思っていた頃は安全圏にいられた。理解できない、したくもない、と思っていることが多いほど、平和に生きられると知った。一つの境界線が無くなりかけているだけで、私はこんなに不安定だ。たとえそれが、もともとは自分で引いた線でなくても。


まるで大きな波に思考のすべてを攫われたかのように、私の日常は抜け殻だった。一筋の海藻も貝がらの一つも見当たらない砂浜だ。今まで自分がどんなことを考えて生きてきたか、すべて忘れてしまった気さえする。颯と話していても、一緒に寝ても上の空、食欲もまったく無くなっていた。気づけばいつも瞼の裏で、先日の彩夏とのやり取りを詳細に思い起こしている。もう何度も、リピートして。

あれは一体何だったのだろう。彩夏の気配——息遣いや匂い、服の生地に包まれた身体の輪郭が分かるぐらい彼女が近づくと、戸惑うくらいはっきりと、身体に変化が起こった。緊張と警戒がみるみる解けて、身体の外側が内側へ心地よく融合していき、体温が上昇して背中が汗で湿り、力が入らなくなった。ウエストを彼女の方に軽く引き寄せられただけで、思わずそのまま抱きつきそうになった。

　彼女の眼差しが脳裡から離れない。他のことをしていても現実の視界に薄いスクリーンが広がり彩夏の顔が浮かんできて、彼女と過ごしたひとときがよみがえる。影響されているだけだ。色々聞いているうちに洗脳された、いや呪いをかけられた。頭が熱い湯のなかを泳いでいるようで、もうずっと意識が現実に戻ってきていない。

　彩夏が私に残した言葉が身体の内側で反響する。彼女は私を好みのタイプだと言った。私も彩夏の美しさに見とれたときはあった。でもそれは買ってもらったリカちゃん人形を可愛いと愛でる感情の延長で、間違っても恋愛対象としてではなかった。でも今は？　もう一度しっかり抱き合えればどれほど満たされることかと想像していないか？　今まで見るともなく見てきた彼女の身体の断片をかき集めて脳裡で再生すれば、体温が上昇してゆくのが自分でも分かる。

　同性を好きになる人をいままで特段奇異に思ったことはなかったが、いざ自分の身に降りかかると、駅のホームの黄色い線を足で踏んでいるような、絶対越えてはいけない境界にいる気分になる。電車がやって来たら下手したら接触してしまう。少しでも早く後ろへ下がらなければ。

　なぜこんなにも感化されている、一笑に付して片付けるのが妥当なレベルの出来事なのに。いつもの私みたいに颯に洗いざらい話したら、彼は驚くだろうがきっと彩夏に怒ったりはしないだろうし、〝お前を好きになるなんて複雑な子だな、そんな女に引っかかるなんて琢磨は災難だったな〟くらいの感想しか持たないかもしれない。

〝そんなにお前のこと好きなんだったら完全に縁は切らずに、結婚しても時々会ってやったら？〟くらいの情けをかけるかもしれない。そうしたら私も彼の意見に概ね同意し〝世の中には色んな人がいるんだね。私はあの子の気持ちなんか全然分からないけど〟くらいに受けて、そのあとは彼女のことなどすっかり忘れれば良い。それだけの話なのに彩夏の告白は日にちが経っても消えてくれず、気がつけば私は彩夏のことばかり考えている。

どうしても心から消え去らない理由について私は私なりに色々考えた。まずは女性から告白されたのが初めてででそのインパクトが強すぎたのだということ。友達だと思っていた女性にそういう目で見られたことは初めてで動揺しているから、忘れられなくてドキドキしている可能性がある？

あとは……彩夏本人に魅力を感じているということ。可能性として一考しないことには前へ進めない。つまり私は男とか女とか関係なく彩夏に惹かれていて、あちらも私が好きだと知り、この状況に喜んだらいいのか、悲しんだらいいのか分からなくて心が乱れている？

「それだけは絶対に無い。私は普通に友達と思ってたんだから裏切られてこんなにショックなんだし」

いつの間にか声に出てしまっていて、私は隣で寝ている颯を起こさないように枕で自分の口を塞いだ。

でもこの前彩夏に抱きしめられたとき、ヘルツの違う電気がいきなり体内に流れ込んだように身体が躍動し、周りの景色まで生き生きして見えたのはなぜだ。

唇を合わせたときはどうだった？　彼女から伝わってくるあまりの感情の熱さに、自分のなかの鉄がぐにゃりと曲がったのに気づかないふりが通せるのか？

面倒が起きると分かっていても理由をつけて会いに行ってしまったのも駄目すぎる。最初告白されたときに心を鬼にして、二度と会わなければ良かったのに。

自分から辛い尋問ばかりが飛んでくる。大きな感情に押し流されそうになるのを必死に理性がなだめすかして、止めようとしている。そんな葛藤を颯の横でしているのも申し訳なく、なんでこんなことになったのか、自分自身で制御できない私は結局寝つけずに朝まで枕に呻き声を吐き続けた。

まずい。このままじゃ精神的にも体力的にも保たない。今日も仕事なのに！

「説明会やってるみたいだから、冷やかしで話聞きに行ってみないか」

ぼうっとしたまま街を歩いていたら、颯がある建物の前で足を止め、ようやく私は現実世界に戻ってきた。私たちの前に真新しい小さな教会が立っている。

「なに、礼拝でもするの？」

「そんなわけないだろ、クリスチャンでもないのに。さっき駅のポスターに載ってたのってこのチャペルだろ。話を聞いてみよう」

確かに電車を降りた駅で颯がポスターを指差して何か言っていたような気がするけど、内容が思い出せない。

彼が先に立って足を踏み入れたのは教会横の建物内にあった結婚式相談カウンターで、あまりの驚きに私は一瞬彩夏との妄想を忘れた。

「え、買い物は？　実物を見てみたい靴があったんじゃなかったっけ」

「後でいいよ。こんにちは、今日説明会をしているとポスターで見ました。予約してないんですけど大丈夫ですか」

「はい。いまウェディングプランナーが一名空いておりますので、ご案内させていただきます」

プランナーさんは当然のように私たちに結婚する予定があると思って話を進めて、式の時期や招待客の人数、お色直しの回数の希望まで訊いてくるので、無難にごまかして答えながらも冷や汗が出た。

「セールスがすごかったけど、雰囲気は摑めたな」

外へ出たあとそう言って笑う颯にどう返していいか分からず、曖昧に笑みを返した。颯は単に私をからかっているわけではないだろう。話を聞いているとき、度々こちらを窺うような視線を感じた。

私にもそろそろ心の準備をしておいてほしい、という彼なりのサインなのかもしれない。颯が真剣に私とのことを考えてくれているかもしれないときに、私はなんで彩夏のことばかり頭に浮かべていたのか。余計なことに気をとられず、彼との未来についてだけ考えよう。

風呂に入ったあと颯が寝てしまうと、私は布団から起き上がり部屋を抜け出して、パソコンの前に座った。プランナーさんが来場記念にくれたCD－ROMを入れて起動させる。結婚式の招待状を手作りするカップルのために、フォーマットが何タイプか入っていた。

『かねて婚約中の私たちは　このたび結婚式を挙げ　新しい第一歩を踏み出すことになりました……』

一つのシンプルな文面のひな形を選び出すと、空欄になっている宛先に〝荘田彩夏様〟と打ち込んだ。

「また来てくれて嬉しい。この間は怒らせたんじゃないかと思って心配してたから。しかも今日は突然じゃなくて事前に連絡をくれたし」

一週間と置かず再び訪ねた私を、彩夏はきらきら光る潤んだ瞳で出迎えた。彼女がかなり喜んでいるのを、瞬時に見抜いてしまった私は、愛想笑いをしながら素早く目を逸らした。

「だって私が見張ってないと彩夏はまたサボるかもしれないでしょ。米原さんにも頼まれたし女友達としてあんたを監視しないと！」

彩夏は笑顔のまま一瞬固まったが、

「心配してくれてありがとう。逢衣が来てくれるかどうか分からないけど、もし来てくれたときのためにと思って、ラザニアを作るのを練習してたんだ。いつか出かけたときメニュー見て速攻で頼んでたでしょ。好きなのかなと思って」

「すごい洞察力！　その通り、大好物だよ。ラザニア、作るの手間じゃなかった？」

「生地から作ったから難しかったけど、何回か練習してるうちにできるようになった。今日のは今まででも一番の出来！　もう食べられる？　夕食にはまだ早いけど、お腹減ってるようなら温めて持ってくる」

「うん、昼ご飯軽かったから今すぐ食べたい。楽しみだな」

本当は食欲などまるで無くて、水を飲んでも吐き出しそうなくらい緊張で胃が収縮していたが、少しでも和やかな雰囲気のなかで話を切り出したくて、私ははしゃいだ声を張り上げた。

「そこに座って待ってて」

彼女はソファに誘導するために何の気なしに私の肩に指先で触れようとしたが、私はぎくりとして避けた。彼女の瞳に少し暗い紗が掛かった。彼女がキッチンに入ると私は鞄の中からあの結婚式の招待状の赤い封筒を取りだした。

しばらくするとミトンに包まれた手でル・クルーゼのグラタン皿を持った彩夏がリビングに現れた。同時に肉とチーズの焼ける美味しそうな匂いが濃くなる。

「できたよ！　熱いうちに食べよう」

「待って。食べる前に一分だけ話があるから」

彩夏は鍋敷きの上にグラタン皿を置いたまま固まった。

「なに？」

「今日はこれ、渡したくて」

招待状を差し出した私の手は、旅行の最終日に私に連絡先を書いた紙を手渡したときの彩夏と同じように微かに震えていた。

私の緊張は彩夏に伝わり、一気に張りつめた表情になり封筒を受け取った。封を開けて招待状に目を通す。

「先週末に恵比寿（えびす）の教会へ行ったんだけどね、そこで紹介された結婚式がすごく良くて。こぢんまりとしてるんだけど、だからこそ招待客の皆さんとアットホームに触れ合えそうな雰囲気があって、颯も私もすごく気に入ったからそこにしようって決めたの。早速予約して招待状も作り始めたの、気が早いでしょ。郵送しても良かったんだけど、彩夏とはどうせ今日会うから手渡ししようと思って。日取りは来年の九月十四日なんだけど、どう？　空いてる？　まだまだ先だけど、いくら一年後の予定って言っても、彩夏は私の友達のなかでも超多忙な人の一人だから早めに予約しておかないとね」

　用意していた台詞（せりふ）をすべて言い終えた私はひとまず安心して、作り笑顔で彩夏を見た。彼女は俯いて招待状に目を落としたまま動かず、表情は分からない。

　沈黙に耐えきれず、グラタン皿にスプーンを突っ込んだ。湯気がテーブルの上に立ち上る。

「うわ、これめちゃくちゃ美味しそう！　彩夏、プロ並みじゃん。こんな綺麗な焼き色、どうやってつけるの？　今度作り方教えて！　ねえ、もう食べていいかな？」

「逢衣、私のこと意識してるでしょ」

　彩夏の声にはなんの感情もこもっていなくて、私は作り笑いのまま固まった。

　顔を上げた彩夏は招待状をひらひらさせながら微笑している。

「わざわざこんなものを持ってきて、何これ、意味ないよ。ほんとに私が嫌なら、今日来なければ良かったじゃない」

「どういうこと？」

「とぼけないで。こんな物使う前にちゃんと逢衣の気持ちを確認させてよ」

「結婚式に来てくれないの？」

「行くよ。私たちの間のことが解決したら」

「あのね、彩夏と話してると、私と颯の仲が軽視されてる感じがして、ずっと気になってた。あなたは自分の気持ちばかりで、私の気持ちを無視してる。私にはもう既に颯っていう大切なパートナーがいるの。あなたの出る幕はない」

諭すように、そして声に出してはっきり宣言することで私は自分にも言い聞かせていた。

「颯との結婚、祝ってくれないみたいで残念。でもいつか、前みたいに友達として笑い合える日が来るのを私は信じてる。いまは周りが見えなくなってるかもしれない。でも何年か経てば間違いだったことに気づくよ。時間が経てば、必ず」

正論を言っているつもりなのに、一言発する度に気が重くなって動揺した。確かにどんな熱い想いもずっと放っておけば冷める。でもそれはどういう生き方なんだろう。生きていると言えるのだろうか。

私は椅子から立ち上がり彩夏の部屋を出た。今日一番の大切な仕事をまあまあの出来でやり終えたはずなのに、満足感は皆無、空しくて息もできなかった。肋骨が二、三本引きむしられたみたいに肺が萎れている。廊下を踏みしめる足が雲を踏んでいるかのようにふわふわと頼りない。いつものようにエレベーターを待つ気になれず、私は七階分の階段を自分の足で下りた。

彼女の言う通りだ、なぜ私は彼女の気持ちを知っていながら、わざわざ自分から招待状なんて持って来たのだろう。彼女を意図的に傷つけたかったわけではなかった。自分の気持ちに区切りをつけたかったのだ。しかし結局前より余計に動揺している。

一階に着くとエレベーターが七階から下ってくる表示が見えた。6、5、4、3、順番に点くランプを見ていると嫌な予感がして私はエントランスへ急いだ。携帯が鳴る、着信表示は彩夏。出ずにポケットにしまって急いで歩いていると、背後から走る足音が追いかけてきて私の腕は摑まれエントランス横の郵便受けコーナーの袋小路に引き込まれた。

彩夏がいきなり抱きついてきて私は背中を郵便受けにぶつけた。すぐに引き剝がせるほどの力だったが私は項垂れてされるがままになっていた。抵抗しない私の背中に彼女は腕を回しさらに深く抱きしめて、私の肩口に自分の顔を埋めた。

「行かないで」

「離れて。人が来たらどうするの」

私は声をひそめたが、彼女は首を振るだけで私を放さない。

「死角になってるから大丈夫」

「大丈夫じゃない。郵便物を取りに来たらすぐ見える」

「じゃあすぐに放すから、これだけは言わせて。ごめんなさい、私が嫉妬して、生意気なことを言っちゃって。逢衣の恋人でもないのに、そんな権利一ミリも無いのに、詰ってしまってごめんなさい。颯さんとの結婚を素直に喜べなくてごめんなさい。逢衣の言う通りの、友達でいいから、私を切らないで。もう逢衣の嫌がることはしないから。お願い」

言い終わると約束通り彩夏は手を離して私と至近距離で向き合った。二人とも少し息が上がっていた。

「だからさ、お互いこんな気持ちのまま、友達続けていけないって」

なんだろう、視界がすべて彼女で塞がれた途端、外界が急激にフェイドアウトしてゆく感じは。バスルームのガラスの扉の内側をシャワーのお湯が流れ伝い、やがて湯けむりで曇って何も見えなくなるような。

彩夏が涙に濡れた目で、私の瞳の色を探ってくる。吸い込まれそう。気持ちを気づかれないように素早くエントランスの自動ドアに目を逸らした。

出口はすぐそこだ。いまならまだすべてを思い出に変えられる、いつでも私はこの場から立ち去れる。足の爪先の向きさえ変えれば。

玄関に入りドアを閉めると私たちは靴を脱ぐ暇もなくお互いの唇を合わせた。繊細に動く彼女の舌に、私はもっと欲しいと自らの舌を絡ませてねだるのをやめられなかった。だめだ、夢中になる味だ。顎を引いて無理やり離すと、チュッと大きな音が鳴り、後悔した。そしてまたすぐに合わさる、強く結びつく。

満たされて、絶望する。この瞬間を恐れながらも、私は待ち望んでいたんだ。

一心不乱という言葉が、激しい集中の意味を持っているのになぜかとり乱した印象を与えるのと同じように、彼女の私への態度も激しく集中しているのに、乱れていた。彩夏の本能に任せた荒い舌の動きに私は全身が溶けそうになっていた。今まで他の人としてきたキスとは何かが違う。いままでは男の人とキスする度、男の人の口のなかって広いなと思っていたけど、自分と同じくらいのサイズの柔らかく小さな口内に舌を這わせていると、自分と唇を合わせている錯覚に陥る。

呼吸がぴたりと合う、相手が何をして欲しいかがまるで唾液を通じてそのまま喉に流れ込んでくるように。彩夏が私のシャツのボタンを指で外し始めると、怖気づいた私の体温は一気に下がった。まだ上がった息のまま、彩夏の動きを手で制す。

「ごめん。これ以上はできない」

彩夏の唇は一旦離れたが、また戻ってきて、名残り惜しそうに私の汗の流れる鎖骨と鎖骨の間に強く押し当てられた。

その夜、私と彩夏は同じベッドで眠った。


翌日、別れ話を切り出すと、颯は最初冗談だと思ったらしく、私をあやすような口調で、「そんな嘘を言うなんて、なにか不満があるのか？」と訊いてきたが、私が本気だと分かると、次第に言葉少なになり、顔にうす黒い怒気をにじませた。

「おい、いくらなんでも突然すぎるだろ。ここ何日かお前が暗いのは気づいてたけど、また仕事での悩みごとかと思ってた。一体何がきっかけで、別れようなんて考えだしたんだ」

「好きな人ができた」

颯は立ち上がると近くにあったランドリーバッグを思いきり蹴った。洗濯済みの、まだ畳んでいない衣類が、リビングのカーペットの上に散らばる。

「お前、俺との生活がそんなに嫌だったのか」

「嫌じゃない。すごく幸せだった」

震える声で答えながら、もう後戻りできない恐怖に目が眩んだ。

「相手は誰なんだ」

死ぬほど言いにくい。刃物を刺し込まれたようにお腹が痛くなったが、覚悟を決めた。

「荘田彩夏」

「はあ!?」

怒りに赤くなった颯の目が、混乱してちらちら動いた。

「琢磨を好きになったってことか?」

「ううん。彩夏。この前あっちから告白されて、私も好きになった」

大きなため息をついた颯は口元に手をやり、その手はきつく指を握りしめていた。

「この期に及んで隠すなよ。吐くならもうちょっとましな嘘を吐け。本当の相手は誰なんだ? 怒らないから、ちゃんと言え」

嘘ではないと何度言っても彼は信じない。

「じゃあサイコロと直接話して訊いてみる。友達同士で口裏合わせて騙そうとしたって、俺は見抜くからな。電話番号を教えろ」

気が進まなかったが、彩夏に状況を伝えると、私も話したいからと返信があったので、私の携帯で彩夏に電話をかけて、颯に渡した。

颯は初めは軽快な口調だったが、彩夏の言葉に耳を傾け始めると、表情が次第に怒りに染まっていった。

「本気ってなんですか？　はあ、旅行のときからだって!?　自分勝手すぎるだろ。あんた、俺と逢衣が付き合ってたのは初めから知っていたよな？　しかもあんたには琢磨もいて。好きだとかなんとか言ってるけど、二重の裏切りをしたって意識はあるのかよ？　自分の欲望を優先して逢衣を横取りして」

電話を切ると颯は携帯を投げそうになったが止めて、ため息をついた。

「お前もあの女も頭がおかしくなってる！　俺まで気が変になりそうだ」

別れを切り出してから三時間は経っていたが、彩夏との電話で颯はようやく彼女が私の相手だというのが本当だと認識し始めたようだった。

「お前たちは秋田でのことがすごく楽しかったから、恋だのなんだのって錯覚してるだけだ。俺はいくらでも待つ気はあるから、もう一回考え直せ」

私は土下座するくらいの勢いで頭を下げた。

「本当にごめんなさい。こんなひどい話は無いって分かってる。でも本当に……ごめんなさい」

「あのなぁ、俺たちは付き合ったばかりのカップルとは違うんだぞ。サイコロごときに潰されてたまるか。そもそもお前は同性と付き合う趣味とか、今までまったく無かったはずだろ？　それとも俺が気づいてなかっただけか？」

「違う。初めてのことだし、自分でも驚いてる」

「錯覚だろ」

「錯覚じゃない」

気づけば二人とも飲まず食わずで深夜の十二時を回っていた。声を張り上げる度に酸素が足りなくなり、尋常じゃないほど頭痛がした。

「なんでそんな残酷なことを言うんだよ、お前は？　結婚を真剣に考えてた相手にそんなこと言われて、平気でいられる人間なんかいるかよ！」

颯は真剣なときや怒りにかられたとき奥歯を噛みしめる癖があり、いまも頰から顎関節にかけて斜めに咬筋がくっきりと浮かび上がっていた。それは彼の形相を凄まじくしていたが、私は彼の横顔にその筋が浮かび上がる瞬間に惚れていたので、恐れより先にその恋心を思い出して涙が出てきた。あんなに好きだったのに。

私の泣き声に顔を歪ませた颯が大股で部屋から出ていき、玄関のドアが大きな音を立てて閉まった。


両親に、颯と別れることになったと電話で告げると、母は戸惑いを隠さず、なぜそんなことになったか根掘り葉掘り訊いてきたが、私は彩夏のことはどうしても打ち明けることができず、将来に描いていたビジョンがお互い全然違うってつい最近ようやく気づいたから、などと曖昧な理由を並べて煙に巻いた。直接話はしていないが、以前から家にお邪魔したりしてお世話になっていたから、颯のご両親もさぞかしびっくりされているることだろう。まだ同じ部屋に住んでいるが、颯はほとんど帰ってこない。

　真奈実にも颯との別れを報告すると、電話越しの彼女は理由を訊く前に私を心配した。

「あんた大丈夫？　かなり参ってるんじゃないの。いつでも行って話聞くよ、子どもは実家に預けられるから」

　優しい言葉をかけられるのが逆に辛い。自分はそんなことを言ってもらえる立場の人間ではない。

「ありがとう、嬉しいよ。でももう少し落ち着いてからにする。まだ気持ちの整理がついてないいんだ」

「ゆっくり受け入れていけばいいよ。いつでも呼んで、行くから。それにしても丸山先輩が婚約中に心変わりするなんて信じられない、ひどい話だよ。慰謝料とか請求できるんじゃないの」

「ううん、私が心変わりして終わりにしたんだ。颯にはなんの非も無い。全面的に私が悪いの」

　私の言葉に真奈実は沈黙した。

　狭いけれどたくさんの思い出があった二人の部屋は、今や段ボール箱だらけになっていた。何度も話し合った結果、颯は一人暮らし用の部屋に引っ越し、私はひとまず実家に戻ることになった。

「逢衣、お前の荷物は一ヶ所にまとめておいた。今日宅配便に出して持って行け」

「ありがとう、助かる。電話して、集荷に来てもらうね」

夕方、馬力のある配達員がやってきて何往復かするうちに、瞬く間に段ボール箱は運び出された。すっからかんになった部屋は想像以上にさびしく、私は配達員がいるにも拘わらず涙が止まらなくて、袖で目を押さえつつ搬出作業が完全に終わるのを窓際に立ちつくして待った。

私たち以外誰もいなくなった部屋で壁際にしゃがんでいた颯が呟いた。

「俺、油断しすぎてたのかもしれないな。お前は俺にべた惚れだと思ってたよ」

うっすら涙を浮かべた彼の笑顔に、付き合っているときには一度も見たことのない痛々しさが浮かんでいて、私は見ていられなくて瞼を閉じた。瞳に膜を張っていた涙が頬へ流れる。

いつもさりげなく、でも全力で私を守ってくれた颯を思い出すと、心が千切れそうなほど苦しい。雷のときも私と彩夏が屋根の下に居られたのは、あの二人が雨のなかずぶ濡れになりながら助けを呼びに行ってくれたからだった。

「お前、俺と居るときは、やっぱりちょっと無理してたよな」

「そうかな」

「うん。気づくよ。だって高校での部活のときは後輩のなかで誰よりも目立って元気なタイプだったのに、付き合ったら途端にちょっとしおらしくなってるんだからさ。俺は色々お前に優しくされたり世話を焼かれたりするのは嬉しかったけど、別にそれで好きになった訳じゃないぞ。部活の飲み会のあとに告白したのは、お前の笑顔が高校生のときとまったく変わらないまま、自由で明るかったからだ。結婚まで考えたのは尽くしてくれたのが嬉しかったんじゃなくて、夫婦になればまた生き生きした、威勢の良い逢衣に戻るかもと思ったからだったんだ。だから今からでも遅くないから、もう一度、お互い素で付き合い直そう。俺たちならできるよ」

ずっと憧れだった颯。彼がここまで言ってくれているのに、なぜ私は〝うん〟と答えられないのだろう。

「プロポーズしてもＯＫしてもらえるか自信がなくてお前の反応見てた。もっときっぱり当たって砕けろの精神でお前に求婚してぶつかればよかったかな。男らしくない態度だったよな」

颯は床に純白のケースを置いた。

「これが今の俺の気持ち。遅れたかもしれないけど受け取ってくれるって信じてる。最後の不動産屋への鍵の引き渡しは俺がやるから、お前はもうここに来なくていいよ」

颯が部屋から出て行き、私は涙を流しながら床に置かれた小さな箱を見つめた。涙で汚さないように手を洗ってからケースを開けると、やはりそこにはダイヤモンドの輝くエンゲージリングが鎮座していた。ダイヤのきらめきは祝福のムードに満ちて、悲しくなるほど透明で、綺麗だ。

呆然としている間に時間は過ぎ去り、夜になって、何もない部屋は暗がりに沈み、すべてが見えなくなる。

実家から職場へ通う日々を送っていると、一週間も経たないうちに颯が最後にもう一度話し合いの場を持ちたいと連絡してきた。断れる立場ではないと思い了承したら、まさかの四人一緒でとのことだった。彩夏に訊いてみたら自分は大丈夫だと返事がかえってきて、私も覚悟を決めた。

店を選んだのは私だったが、一番乗りで来て予約していた個室に入った途端、店選びを間違ったことに気づいた。どこか静かな喫茶店でも選べば良かったのに、大切な話し合いの場だからと、かしこまったレストランを選んだせいで、まったく逃げ場のない個室が用意されていた。

もつれた別れ話を繰り広げる場所としては華やかすぎる。私は皿の上で三角錐(さんかくすい)状に折られたナプキンを前にして待っていたが、順番に現れた彩夏、琢磨、颯の誰もが部屋を見回しながら戸惑った表情を見せた。部屋には暖炉やアンティークの洋書が詰まった本棚、花の生けられた花瓶などが調度品として置かれていた。

颯はおそらく立ち退きの立ち会いのときに、何もない部屋に置かれたままの白い箱を見つけただろう。あの日、彼が去ったあと、私は結局、リングに一度も触れることなく部屋を後にした。

話すことはたくさんありすぎて、そして、一つも無かった。私たちはお互い目を合わさずそれぞれの皿の上に載っている、折りたたまれたナプキンを眺めた。

「いやに豪華な店だな」

私の真正面に座っている颯が呟く。

「ごめん、予約したのは私なんだけど、ここまで改まったお店だとは思わなくて」

「どうせ来たことなくてネットで写真だけ見て予約したんだろ」

「ごめん、その通り」

付き合っていたころは颯とのこんなやり取りは普通だったが、颯が彩夏にちらりと視線を送ったのが分かった。彩夏は特になんの反応も示さず無表情に私たちを見つめている。落ち着いて見えたが、仕事帰りなのか、ほどき忘れたのか、二つ結びの目立つ髪型のままで、隠してはいるけどやはり彼女なりに緊張しているのかもしれない。

「みんな、なに飲む？　僕は一杯目は、ヒューガルデンにしようかな」

琢磨が広げていた飲み物のメニューを、隣から颯が覗き込む。

「じゃあ俺はギネスにする」

手渡されたメニューを受け取り彩夏が眺める。

「私、グラスのシャンパン。逢衣は？」

「ペ……ペリエ」

本当は温かいお茶を飲んで少しでも落ち着きたい。

ウェイターに琢磨が全員分の飲み物を頼み終わると、部屋は静寂に包まれた。

「まさかこんな形で会うとは、秋田では思ってなかったよな」

颯の言葉に全員が苦笑いした。

「あ、彩夏さんはもうあの頃から逢衣を狙ってたなら、予想してたか」

軽い笑いと共に付け足された言葉に再び緊張が走る。

「二人とも、肩の力を抜いてもっと楽にしていいから。今日呼び出したのは別に説教しようとか、ヨリを戻せとか迫るのが目的じゃないし」

颯の言葉に琢磨が頷く。

「うん、そうなんだよ。昨日の晩、颯と飲んで話したんだけどね、僕たち二人に共通するのは、あなたたちには幸せになってほしいけど、心配の気持ちの方が強いってこと。

だから、お互いの元恋人たちがこれからどうやって二人の道を歩んでいくつもりなのか知りたいというのが、今日の話し合いのテーマだね、っていう結論に至ったんだよ。率直に言って、そう簡単に上手くいきそうにない恋愛に思えるから心配してるんだけど、あなたたち二人は大丈夫そうなのか知りたくて」

琢磨らしい温和な口調だったが、言葉のところどころにちょっと棘があると感じたのは、私の気のせいだろうか？

「昨日と言わず、この頃ほとんど毎晩俺たち一緒に飲んでるよな。おかげで小学校以来の親友に戻ったわ」

颯が言うと、飲み物がやって来た。前に置かれたグラスに、それぞれの飲み物が注がれて細かい泡が立ち上る。

「乾杯」

「どうした、二人とも。口数が少ないな」

ウェイターが空になったオードブルの皿を下げているとき、颯がそう言って私と彩夏の顔を見た。次の料理が出てくるまでの間、飲み物以外が自分の前から無くなり、食べてごまかすことができない。無理やり笑顔を作る。

「なんでもない。ちょっと緊張してるだけで。ね、彩夏」

私の言葉に彩夏は無言で細かく何度も頷いた。

「気楽に過ごそうよ。四人で会うのはこれが最後かもしれないんだし、どうせなら、ざっくばらんにさ」

「俺たちの方は何度でも、こうして四人で会いたいけどな、琢磨」

「そんな、お邪魔だよ」

琢磨が笑顔で颯の肩を叩き、私は隣の彩夏を盗み見たが、彼女も笑顔を張りつかせたまま凍りついている。これから魚やら肉やらの料理が運ばれてくるかと思うと、私も胃が縮まる思いだ。そしてコースが終わるまではこの席を離れられない。ほんとに店選びを間違った。

オードブルが済んだだけの時点で既に満腹で、パンまで食べたらどうなるか考えなくても分かるのに、気まずさに耐えられなくてパンを手にとり、ちぎって一口食べて気持ちを落ち着かせようとした。焼きたてパンの、豊かなバターの風味に癒やされたい。

私の正面に座る颯は、時々隠すことなく真っ直ぐな強い視線で私を見つめてくる。隣にいる彩夏など存在しないかのように。

「そういえば彩夏、しばらく会わないうちに随分やつれたね。ちゃんと寝てるのか」

琢磨が心配げな表情で、彩夏の顔を覗き込んだ。

「役作りで絞っただけだから、大丈夫。ありがとう」

「そうか、頑張ってるんだね。彩夏は仕事に関しては、すごくストイックなんだよね。空手部の子の役をやったときは、毎日道場に通ったり、僕が練習相手になったり。まだ売れてなかった頃はご飯もほぼ毎食一緒に食べてたから、彩夏が痩せなきゃいけないときはヘルシーメニューになって、僕も同じように痩せたよ」

罪悪感は半端ない。土下座したいくらいだ。なんとか口角を上げて琢磨に話しかけた。

「琢磨さんが陰で彩夏をしっかり支えていたんですね」

「そうそう。その割には、だいぶあっさり振られちゃったけどね」

「おいおい琢磨、それは言わない約束だろ」

「そうだった、ごめんね二人とも。つい口がすべっちゃって。彩夏、仕事なのは分かるけど、健康が第一だから無理は禁物だよ。まあ、僕は最近ヤケ酒がひどくて全然節制できてないけど」

「俺もだよ！」

気まずくて誰も話さず沈黙が続いたらどうしようと思っていたが、なんとか会話は進み、男性二人は和やかな笑みも見せている。表面上は。

これは……想像した以上に針のむしろ？

レモンバターソースがけの真鯛(まだい)のポワレの皿が運ばれてきた。新鮮な真鯛の切り身はしっとりとして、パリッと焼かれた皮も美味しいが、それほど大きくない切り身が、いくら食べても減らない。

「で、これから逢衣はどこに住むつもりなんだ？　いつまでも実家に居られないだろ、職場からも遠いし。家探しするなら俺手伝ってもいいぞ」

ギネスを飲み干しながら颯が訊いてくる。

「ありがとう。でも私しばらく彩夏のところに住もうかと思ってて」

颯の顔色が変わり、私の語尾は小さく消えかかった。

「また同棲するんだな。でも彩夏さんが住んでるような豪華マンションの家賃、お前半分だとしても払っていけるのか？」

颯と一緒に住んでいたときも家賃は彼に多めに出してもらっていたのだ。

「うちは事務所が経費で借りてるから問題ないよ。私も家賃払ってないし」

「へえ、さすがだね。でも事務所の人だって彩夏さん一人のために用意したんだろうし、まさか同棲するための部屋を提供してるとは思わないよな」

「彩夏、そんなところに住んでたんだね。僕はマスコミに見つかったらだめだからってことで、結局一度も行けなかったから知らなかった」

琢磨が明るい口調で言った呟きがダメ押しになる。真鯛にたっぷりかかったアンチョビ風味のレモンバターソースがゆっくりと喉を通り過ぎてゆく。ペリエばかり飲んでいたら空気が読めていないように思われそうだと頼んだ白ワインがきいてきて、悪酔いし始めているのか視界がぐらつく。どうやってもフォークの背に豆が載らない。掬おうとしても皿の上を転がっていくし、刺そうとしたら飛び跳ねてワイングラスの横に着地した。摘まんで取り除くと、白いテーブルクロスにちょうど豆の大きさの染みが、円く出来上がっていた。

男性陣は肉料理に備えて赤ワインに切り替えている。

鉄板に載った分厚い和牛ステーキが、じゅうじゅうと音をたてながら自分の前に置かれると、思わず背もたれに身体を倒した。

「俺と別れたこと、もう親御さんには話したの」

「うん、実家に帰ることにしたときに理由を訊かれたから」

「彩夏さんと付き合い始めたことも話したのか」

「まだ話してない。言うつもりもない。親は関係ないし」

「彩夏は逢衣さんのこと、事務所の人にはなんて伝えてるの」

「友達……」

「ああ、だからルームシェア感覚で一緒に住むことを許してもらえたんだね」

琢磨がマナーの良い手つきで血のにじむステーキをナイフで切り分けてゆく。通常の状態なら随分楽しめただろう上質のステーキ肉の塊がなかなか喉を通過しなくて噎せそうになる。

ようやくメイン料理を食べ終えたと思ったら、今度はフォンダンショコラと濃厚そうなチーズケーキが皿に盛られて運ばれてきた。小さなフォークと満タンの胃では太刀打ちできない強敵。しかしみんなが食べているなか、もう無理という一言を言う勇気がない。通常ならぺろりと平らげてしまう量なのだが。

「逢衣はさ、琢磨が彩夏さんに振られてどんだけ苦しんで悲しんだかを知ってたよな。それなのによく彩夏さんと付き合う気になったよなぁ」

チーズケーキを口に運びながら軽快に発せられた颯の言葉に、私はぐっと詰まった後、ごめんなさいと蚊の鳴くような声で言って琢磨に頭を下げた。

「いやいや、もう気にしてないよ。恋に落ちちゃったら、もうしょうがないよね。僕にも分かる気がする。でも同時に彩夏と逢衣さんの行く末を心配する気持ちもある。どう考えたって前途多難だからね。別れたって言っても一度は付き合った女性だし、自分と別れても幸せになってくれた方が安心する気持ちはあるよ。この気持ちは颯も一緒だ。そうだ逢衣さん、彩夏のどこを好きになったのか教えてよ」

琢磨の言葉にチーズケーキのタルト部分を喉に詰まらせそうになる。今日は飲み込む機能がいつもより良くない。こんなにカロリーをとっているのに、手足が冷たい。肩の辺りの悪寒のざわざわがひどくなる。

「あれ？　もしかして答えられないの？」

琢磨がさらに追い打ちをかけてくる。覚悟を決めるしかない。

「深い愛情で私を包んでくれるところです」

「分かるよ、僕も彩夏のそういうところが好きだった。情熱的だよね、彩夏は。猪突猛進という言い方もできるけど」

　琢磨さんも初めは今の私のように彩夏に激しく愛されたのかもしれない。じゃあ私ももしかして彼のようにいつか、彩夏に別の好きな人ができたときに振られるんだろうか？　胸によぎった不安を見透かされたくなくて、チーズケーキを口に入れる。こんな状況でなければきっともっと美味しかっただろうが、今は胸につかえてしょうがない。

「彩夏さんはどうなの？　遠慮せずにノロけていいよ」

「ここで言うことじゃないから」

　素っ気ない彩夏の返答に、颯が少し苛ついたのが伝わってきた。

「逢衣が言ったのに彩夏さんが言わなかったら、逢衣がいじけちゃうだろ？　言ってやれよ」

「逢衣はそういうタイプじゃない」

「いや、意外と根に持つタイプなんだって。付き合いが長いから俺は知ってる」

「私はそう思わない」

　フォークを持ったまま颯の手が完全に止まり、すごい目で彩夏を睨んだ。彩夏は瞼を伏せたままケーキを口に運び続けている。

「まあまあ、逢衣さんには色んな魅力があるってことで。ね、逢衣さん？」

にっこり微笑みかけてくる琢磨の顔も十分恐くて、思わず立ち上がった。

「すみません、ちょっとお手洗い」

根性で完食した空の皿をテーブルに残し、個室を出た。


誰もいない化粧室の洗面台前で立ちつくし、胃が落ち着くのを待つ。重い腹、沈んだ心、あたふたした疲れ。手を洗うとき、化粧が落ちるのもかまわず冷たい水を顔に軽くかけると、火照った肌に気持ちが良かった。

洗面台に手をついて鏡を覗き込むと、ごちそうを食べている最中とは思えないほど情けない、生気を欠いた自分の顔が映っている。若干俯いた角度でずっと固まっていたせいか、首筋が痛い。

このまま最後まで無事に乗り切れますように。少しずつ胸焼けが収まってきた。もう一度ハンドソープと流水で手を洗い、置いてあったペーパータオルで手を拭くと、足元の籠へ放る。

戻らなきゃいけない。戻りたくない。

無音だった個室とは違い、化粧室にはＢＧＭが流れている。クラシックの素養がほとんど無い私でも、このビビッドで妖艶なメロディは知っている。『カルメン』の曲だ。

　化粧室を出ると琢磨が立っていた。会釈してやりすごそうとしたが、話しかけてきた。

「なんか顔色悪いね、大丈夫？」

「あ、全然、大丈夫です。照明でそう見えるのかも」

　天井のライトを見上げてごまかす。

「今日の集まり、なんだか変な感じだね。まあ来る前から、どんな空気になるのかなと僕も思ってたんだけど」

　そう言って苦笑いする琢磨は、薄手の黒いニットを着て、髪色も少し黒に近づけていて、明るい夏の名残りはもう無く、秋が深まり冬に移行する今の季節に歩調を合わせるかのように、外見も表情も落ち着いていた。彩夏、もったいないなぁ。無責任な感想を心の内で思わずもらしてしまうほど、琢磨の立ち姿は絵になった。彼が振られたと周囲に漏らしても、恐らくみんなすぐには信じないだろう。

「さっきも言ったけど、僕はもう彩夏と元に戻りたいとは思ってない。でも一つだけ意地悪なことを言ってもいいかな」

　私が彼を直視できず、廊下に掛かった鏡を見つめたまま頷くと、琢磨も鏡の中で急に身体を寄せてきて私の耳元で囁いた。

「あのね、正直言って僕には、逢衣さんと彩夏の間にあるのが、愛情だとはどうしても思えない。二人が同性同士だから言ってるわけじゃないよ、そういう先入観は全部抜きにしても、二人は力が拮抗して、対立してる風に見える。僕は彩夏の性格をよく知ってるつもりだけど、あなたたちはいつかはお互いの気の強さが激しくぶつかって、傷つけ合うんじゃないかな」

薄く微笑みを浮かべた彼が、私の顔を覗き込む。愛する人を奪った者への憤りがこもった、赤く炎上する、物言いたげな目つき。女性からではなく男性から、このような瞳で見られる日が来るとは。

嫉妬心。

「私と彩夏との間にあるものが愛情じゃないなら、一体何が愛情なのか、私には分からないです」

言葉が口から転がり出てきて、私は自分で驚いた。こういうところが気が強いと言われる原因なのだろう。琢磨はさびしげな表情で微笑んだ。

「力強い言葉が聞けて嬉しいよ。僕たちが会うのは、もうこれが最後かもしれないね。颯だけじゃなく、逢衣さんとも友達になれるかもと思っていたから、ちょっと残念だけど、元気でね」

琢磨と二人で個室へ戻ると、何か言い争っていた風だった颯と彩夏が、すぐに会話をやめた。琢磨との話し合いに緊張しすぎて、こちらも二人きりだということを忘れていた。こちらの二人は一体どんな話をしたのだろう。颯は普通だが彩夏の顔は血の気を失っている。

席に着くと、新たにデザートのアイスが盛られた皿が鎮座していた。忘れていた、デザートは二皿あったのだ。食後のコーヒーにたどり着くまで、こんなに長く感じた日は無い。覚悟して小さなスプーンを手に取ると、彩夏が私の左腕にそっと手のひらを置いた。

「大丈夫？　無理して食べなくていいんじゃない」

今までとは全然違う声音だった。静かに愛情がにじんでいる恋人の声。思わず見ると、彼女はひたむきな瞳で私を見つめている。私がすべてを持っていかれたときと同じ顔つきをしていて、私は再びすとんと時間の感覚を失くした。この人とこれから共に住めるのだという喜びに火がついて胸が熱くなり、溜め込んでいたアルコールが体内で一気に発火した。

「おー、見せつけてくれるなぁ。俺たちの心配なんか、おせっかいだったみたいだな」

颯が呆れた声で呟く。

「いえ、色々とアドバイスを本当にありがとう。二人が心配するのも私たちの状況や境遇を知ってたら当然だと思う。指摘された通り私たちの考えが甘いところもたくさんあるから、これからはよく話し合って用心深く行動することにします」

　彩夏が頭を下げたので私も倣う。自分の言葉で何か一言でも言えたら良いけど、彩夏の落ち着きのある言葉の後では、何を言っても浮く気がして結局無言でいた。

「逢衣、本当に大丈夫なのか？　彩夏さんに流されるんじゃなく、ちゃんと自分で考えてるのか」

　私が頷くと颯は大きなため息をつき、目頭を指でもんだ。

「二人とも何を言ってもきかないって顔してるな。しょうがねえな、琢磨、もう諦めて飲みに行こう。昨日の夜も二人で飲んでて、やってらんねえなって結論に達したんだよ。まったく琢磨とは二人といないほどの親友になれそうだ。お互いほぼ同時に振られて、お互いの気持ちがこれほど分かる相手は探しても見つからない。俺たちの方まで恋人同士になりそうだ」

　冗談を言っているのは分かったけど、どう反応していいか迷う。

　颯と琢磨が椅子から立ち上がると彩夏が、

「琢磨、ちょっと待って。借りたままになってたものが部屋にいくつかあったから、返すね」

　と琢磨の腰の黒いベルトを軽く引っ張って引き止めた。付き合っていた時間を思わせる慣れた仕草を見て、胸の奥に嫉妬が芽生え、すぐに目を逸らした。

「おはよう」

すでにテーブルについていた父と母は、リビングに入ってきた私を見上げて、おはようと返した。

誰も見ていないのにとりあえず点いているテレビのニュースキャスターの声がやかましい。カーテンの隙間から強い光が漏れていて、一気に両開きにすると、目がくらみそうなほど眩しい朝陽が差し込んできた。秋の長雨が続いていたから久しぶりの快晴だ。

「朝ご飯食べるよね？　ししゃも焼いたよ、何匹いる？」

「あるだけちょうだい！　いっぱい食べたい」

玉ねぎやさつまいもが入った具だくさんのお味噌汁は実はあんまり好きではないのだけど、食べてみると実家の味はやはり美味しかった。ふうわりとした懐かしい風味の合わせ味噌にくずれかけのさつまいも、薄く切った玉ねぎ。子持ちししゃもをポン酢で食べるのも相変わらずでご飯とよく合う。実家に帰ってきてからというもの、明らかに食べる量が増えている。

「逢衣、ほんとに良いのか？　お前の部屋は昔のまま残ってるんだからいつまで居てもいいんだぞ」

父の言葉は嬉しかったが私は微笑みながら首を振った。

「まさか本当にカレと別れちゃうなんてね。喧嘩をくり返しても、またくっつくパターンだと思ってたのに。あんたたち、上手くいくと私は思ってたんだけど。だから父さんとも近々うちの家族全員と丸山さんとで夕飯でも食べに行こうかって計画まで立ててたんだけどね。丸山さん、とても良い子だったじゃない。なんとかもう一回やり直せないの？」

母は私と颯が別れたことに意外なほどショックを受け、未だに残念がっている。

「俺は知らない男と一緒に飯なんか食うのはめんどくさいから、逢衣が早めに別れてくれてよかったよ」

「もう父さんたらそんな言い方して」

「まあ、当人たちの問題なんだから仕方ないじゃないか、母さん。逢衣が彼氏と別れたって聞いたときは、どんなに落ち込んでるだろうと心配してたけど、元気で良かった」

素っ気なく聞こえるけど、父なりに私の気持ちを楽にしようとしてくれているのだ。

まだ腑に落ちないらしい母親と、もう話はすっかり終わったとばかりにテレビに目を向けた父親に、彩夏の存在について話す勇気はどうしても湧かなかった。

恋人ができたと報告したら、父も母も颯とのことを咎めながらも、なんだそういうことだったのかと納得して、適齢期なんだし今回こそは結婚まで漕ぎ着けなさいよ、と気の早い母は急かしてくるかもしれない。でも恋人が女性だと知ったらどうだろうか。このいつも通りの平和な朝の食卓は一気に崩壊するのではないだろうか。父も母も今までできる限り穏便に生きてきて、その生き方のおかげで今の幸せがあると信じきっている人たちだ。上を見たらきりがない、我が家が一番、が口癖の彼らに育てられた私は、確かに平和に呑気に幸せに過ごしてきた。真面目な絶え間ない努力があってこそ続いた南里家の平穏を、一瞬で乱す可能性のある言葉を、私はどうしても口に出せなかった。母が体調を崩すのも、父が彼なりの拒否反応でまるで聞かなかったことのように振る舞う姿を見るのも恐い。

「お世話になる友達によろしくね。あっちの都合もあるだろうから、あんまり長居しちゃだめだよ」

「うん、分かった」

私は彩夏の家へ居候することになった。一旦実家に戻していた私の荷物はすべて彩夏の家に運び込まれた。へとへとに疲れている私を尻目に彩夏はいそいそと段ボール箱を開封すると、中のものを浴室や寝室などに振り分け、一晩のうちに私の荷物を自分の家に馴染ませた。

「部屋が見つかったらすぐ出て行くから、それまでお邪魔します」

私がベッドに入る前にそう言って頭を下げると、彼女は私のための枕にカバーを被せながら、

「逢衣が部屋を見つけたら、今度は私もそこに引っ越す。逢衣がどこに移ったとしても私は追いかけ続ける」

　真剣な顔で告げた。


　彩夏と一緒に住み始めてから一ヶ月後、真奈実に連絡すると、宣言通り実家に子どもたちを預けて、東京まで私に会いに来てくれた。彼女は私と颯の破局をとても残念がっていた。

「一体誰が二人を引き裂いたの？　あんなに仲好さそうだったのに。私は高校のときから丸山先輩のことが好きだった逢衣の恋が実って、密かに感動してたのに」

「最近出会った人に私が薄情にも心変わりしちゃって、こんなことになった。颯をたくさん悲しませて、いつかはこのことの報いが自分に降りかかってくるだろうなと思ってる。正直自分がこんな最低な人間だとは思ってなかったよ」

「ずるいなぁ。自分で自分をそんなに責めてたら、私がお小言言えなくなっちゃうじゃん」

「ごめん」

　真奈実は私の頭を軽くこづき、

「でも人の気持ちって単純じゃなくて、常に動いてるものだからね。心変わりもしょうがないのかもしれない。どういう経緯で別れたの？」

「私がある人に告白されて、私もその人のことを好きになってたから、颯と別れた」

「そうなの？　もう少しよく考えても良かったんじゃない？　その告白してきた人に押されて、流されてしまっただけなんじゃないの」

「私は、嫌なら嫌と言えるタイプなんだ。好きと言われたからって、流されたりしない。だからこそ今回は、もう言い訳のしようがない」

　彼女はお手上げだという風にため息をついた。

「ところであんた今どこにいるの？　丸山先輩との同棲はもう解消したんでしょう？」

「友達んちに居候させてもらってる」

「別れたのは結構前なのに、まだ人の家にいるの？　そんなに良い物件が見つからないの？」

「ううん、もう探してないんだ。その友達、広い部屋に住んでるんだけど、一緒に住まないかって誘ってくれたから。家賃を払って、置いてもらってる」

「シェアハウスってこと？　その目的で選んだ家でもないのに？　そんなの長く続いたらお互いに負担だと思うよ。いつかはその人の家を出て一人で暮らした方がいい。いくら仲の好い友達でも同じとこに住んでずっと一緒にいるっていうのは、私なら息が詰まるな」

「そうだね。うん、ゆくゆくはもう一度考えることにする」

まさか真奈実も、私が出て行かないように私の荷物を隠してしまうような人間と一緒に住んでいるとは思いもよらないだろう。

「念のため訊くけど、その友達って男？」

「まさか。女、女」

「良かった、秒速で乗りかえたんならどうしようかと思ったよ。いくら他の人を好きになったといっても、ある程度の節度は必要だからね」

私は冷や汗をかきながら笑顔を作った。


ゆりかもめに乗り東京湾に沿って船着き場を通りすぎると、台場(だいば)駅に着いた。冬のお台場は平日なのもあってか訪れる人も少なく、私たちはフジテレビの巨大な社屋の横を通りすぎ、ゆりかもめの高架の下をくぐって、自動販売機で温かい飲み物を買ったあと、海浜公園へと戻った。私たちは手を繋いで歩いていたが、すれ違う人たちは誰も驚かなかった。男同士だと少し目立ったかもしれないが、女同士だと仲の好い友達くらいにしか思われないのだろう。

波打ち際のすぐ側を歩ける公園は海岸線に沿ってずっと向こうまで続いていて、私たちはウッドデッキを歩いた。潮風は冷たく、私は缶コーヒーを、彩夏はコーンスープを飲みながら進む。私より少し前を歩く彩夏はカラフルな毛糸が複雑に絡み合って編まれている長いマフラーを首元にぐるぐるに巻きつけ、黒の分厚いタイツにブーツを履いていた。斜めの角度からの彼女は、弓なりの眉と鼻梁の高さと、頬の膨らみの調和が美しい。缶の底に張りついたコーンの粒を食べようと苦心しているうちに、鼻にスープがくっついてしまったので、ぬぐってやった。気づけば年が明けていて、去年よりもさらに彼女と距離が縮まったことに、今さらながら呆然とする。

夏には繁盛していると思われる海辺のカフェもウィンドサーフィンのレンタルショップも、今日は店を閉めていて、すれ違うのは観光客ではなく犬を散歩させている地元の人だけだった。静かに凪いでいる冷たそうな海には『風の谷のナウシカ』に出てくる王蟲に似た外見の水上バスが走り、かもめが空を飛んでいる。彩夏がウッドデッキの道を外れて海の方へ砂浜を歩いて行き、私も後ろから従った。

私は普通のスニーカーを履いていたため歩く度に砂が靴の中へ入り込んできて、波打ち際から一メートルほどしか離れていない地点まで来ると、砂の上に座ってスニーカーを脱いで傾け、中の砂を落とした。彩夏は目を瞑り海に向かって深呼吸している。最近ずっと忙しく働いていた彼女にとっては、久しぶりの外出だ。

「逢衣がお台場好きなんて意外だよ」

「そう？　学生の頃バイトしてたの、この公園の近くの児童館で。遠かったけど海の見えるところで働きたいと思ってね、週三くらいのペースで通ってた。子どもたちも良い子たちだったなぁ。港が近いからなのかフジテレビや外資系の会社があるからなのか知らないけど、国際色が豊かでね、色んな国の子どもたちがみんな一緒に遊んでて、ディズニーランドのイッツ・ア・スモールワールドみたいな世界だったな」

「大学生の頃の逢衣に会ってみたい」

「髪を金茶に染めて、ロックが好きでひまさえあればフェスやライブに行ってた、くそ生意気な大学生だったよ。やめておいた方がいい」

　彩夏は笑ってマフラーに顎を埋めた。

「同じ頃の私は大学にも行かず、インターネット配信のドラマでエキストラと変わらないくらいの端役を演じてた。役者っていうのは名ばかりで、誰にも注目されない女の子だったな」

「もしそのころに私たちが出会ってたら、恋人同士どころか友達にもならなかったかもしれないね」

　彩夏は私の言葉を鼻で笑った。

「そんなわけないでしょ。私はもしそのときの逢衣に出会えてたら、絶対に今と変わらず告白してたよ。何歳でも、いくら太ってても、ニキビだらけでも、私は逢衣を見つけ出して好きになる自信がある」

「ニキビだらけだったとは言ってないでしょ」

私は言い返して彩夏の肩を押したが、それは照れたからだった。

「今月出てた雑誌のインタビュー読んだよ。彩夏って十三歳の頃に観た映画に感銘を受けて、その年の頃からいまの職業を目指してたんだね。子どものうちから自分のやりたいことをはっきり自覚していたなんて、すごいね」

「ううん、あれはタテマエ。子どものころ、地元でも実家でも、お前は大したことないとか調子乗るなとか言われてて、そんなもんかと思ってたけど、ある日鏡をちゃんと見たらすっごく可愛い人が映ってたからオーディションに応募したよ」

「なぁんだ、ちょっと尊敬してたのに。調子乗るなよ！」

私が彼女の前髪を下から払って乱すと、彼女も仕返ししようとしてきたから、走って逃げた。

私たちは海浜公園から移動して大観覧車に隣接した施設内にある、デジタルアートミュージアムに入った。人気のない道ばかり歩いてきたが、この施設には国内外の観光客たちが訪れていてわりと盛況で、私たちは列に並んで少し待ったあと、真っ暗な館内に足を踏み入れた。なかは鍵でも落としたら絶対に見つからないなと思うほど暗くて、しかしだからこそ黒い壁に映したプロジェクションマッピングの花や四季折々の映像が美しく映えた。私たちの横の壁を、私たちと同じ背丈くらいの、羽がたくさんの花びらでできたダチョウがゆっくりと通り過ぎてゆく。ダチョウの映像に触れると自分の指先が花びらの色に染まった。

彩夏は壁いっぱいに映し出された小川に舞い落ちる紅葉（もみじ）の映像に見とれていた。スクリーンの前に立った彼女自身にも映像は投影されていて、彼女の背中や脚を、真っ赤に染まった幾千もの紅葉が流れてゆく。部屋と部屋を繋ぐ通路は薄暗かったが、中は快適な温度で過ごしやすかった。おまけにたくさんの人とすれ違ってもお互いがよく見えないから、彩夏の顔がばれることもなかった。一際天井が高く広い空間に出ると、滝の映像の前にでこぼこの小山が造ってあり、子どもたちが登り下りして遊んでいた。

墨で書いたような〝花〟や〝木〟や〝煙〟といった自然を表す文字が上から降ってきてはにじんで消えてゆく映像を映した巨大なスクリーンが、幽玄な雰囲気を漂わせている。他にも床を含めた四方八方にミラーを張ることで無限の奥行きを表現した、いくつもの光の玉がぶら下がってキラキラと反射している空間や、二階に上がると床や壁を魚や鯨が雄大に泳ぐ様子を映す大広間、触ると色が変わる巨大な風船がいくつもぶら下がった部屋などがあり、私と彩夏は時間を忘れてはしゃいだ。

カフェに入りお茶を頼むと、お茶の表面にもプロジェクションマッピングが映し出され、私のカモミールほうじ茶ラテの表面にはみるみるうちにヒマワリが生まれ、カップ一面に咲き誇ったあと、辺りに花弁を撒きながら散っていった。映像は眩しく何度も繰り返され、私がカップを持ち上げてお茶を飲んでいるときも続いていて、私は光るヒマワリを飲んでいる感覚にうっとりした。隣で緑茶を飲む彩夏のカップにはコスモスが咲き、彼女の唇もまた光の花弁を吸い込んでいた。

　私たちは再び階段を下って一階へ降り、ひときわ暗い蓮の間に入った。広間の壁に鏡が張り巡らされ、無限に広がる奥行きの深さが演出されていて、一体広間が本当はどのくらいの大きさなのかまったく分からなかった。部屋の奥まで幾層にもなって並んでいる蓮の葉のような円形の白い面には大きな紅色の蓮の花がいくつも浮いていて、死んだ後に渡るという三途の川の花畑みたいだった。他の部屋に比べて地味なせいか、見学客はほとんどいなくて、彩夏は立ち止まると私の手を握った。

「すれ違う人たちはみんな、私たちのことを友達同士だと思ってるだろうね」

「そりゃそうでしょ。こっちにも都合良いよ、そう思っていてもらった方が」

「そうかな。私はなんか、哀しいよ。私たちが誰からも正しく認識されないなんて」

「私たちの関係は、私たちだけが分かっていればいい」

　ふいに彩夏に肩を掴まれ、顔を傾けた彼女に唇を奪われた。思わず突き飛ばして辺りを見るが人影はない。

「もう。不用心なことはしないで」

彩夏はけらけら笑い蓮の花の向こうへ消えていく。この暗がりのなか一度はぐれたら会えるかどうか不安で、私は小走りで近づくと彼女の上着の裾を指で摑んだ。


洞窟のような不思議なレストランでメキシコ料理を食べた後うちに帰ると、もう寝る時間だった。私たちはお互いパジャマを着る習慣が無く、上はTシャツかトレーナー、下はスウェットパンツという、ダンスレッスンの実習生のような格好でいつも眠った。風呂上がりの私が白いTシャツに灰色のスウェットパンツを穿いて寝室へ行くと、部屋にシンナーの匂いが仄(ほの)かに漂い、彩夏がベッドの上でペディキュアを塗っていた。

「ラメ?」

彼女の正面に座り、きらきら光る足指の爪を指差しながら訊くと、

「シェル。貝殻をスライスして細かく刻んだ欠片(かけら)」

と彩夏が私の両脚の間に自分の脚を滑り込ませてくる。

「塗ったばかりでしょ。あんまり動かすとネイルカラーがよれちゃうよ」

「速乾性だから大丈夫」

彩夏は自分の脚をどんどん深く滑りこませて自分も三角座りをして私と距離を詰めていき最後は私を抱きしめた。一緒に住み始めてからというもの、彩夏はむしろ付き合う

前よりも身体の接触を控えめに、こちらの様子を用心深く窺いつつ、穏やかに触れてくるばかりだったので、彼女に抱きしめられたのはマンションのエントランスでのとき以来だった。

「逢衣は私たちの関係ってどう思う？」

「どうって？」

素顔に部屋着というお互いに完全にリラックスした状態で突然始まったこの事態に私は戸惑った。彼女は私のTシャツの襟元を引っ張り素肌の部分を剝き出しにすると、鎖骨に指を這わせた。襟が後ろ首を締めつけて、少しきつい。

「恋人同士だけど、このまま何もしなくても平気かな。逢衣はどう思う？」

「さあね。いいんじゃない」

私はとっさに答えたものの喉が勝手に動いて唾を吞み込んだ。すぐ近くにいる彼女には間違いなく聞こえたと察して恥ずかしくなった。私の返事に、彩夏が気に食わない表情になり目を細める。

「だよねぇ。男の人みたいに溜まるものも無いし、第一やり方もどうするかよく分からないし」

言葉とは裏腹に私の身体はどんどん押し倒され傾斜してゆき、私も彩夏を放すまいと彼女の脇腹辺りのTシャツを摑んでいた。抱きしめた彼女から私と同じシャンプーの香りがする。

彩夏はクリーム色のVネックのTシャツとスウェットパンツを脱ぐとオフホワイトの華奢なブラとショーツだけの姿になり、長い髪を少し乱して私に跨がり、こちらを見下ろした。女性の身体は自分のはもちろんそうだし、知り合いのも、他人のも、大浴場や更衣室で見慣れていた。でもそういう気持ちで裸になり隣に横たわっているのとは違った。一緒に露天風呂に行ったときに晒された彼女の全裸は見たはずだけど、どうでも良かったからか、どんなだったか思い出せないほど記憶に無い。あのときの身体と、いま目の前の身体が同じとは思えない。

私を欲しがって待ち望んでいる身体に、圧倒される。肌の色が、体温が、弾力が、呼吸に伴う微かな上下動が、みずみずしくてすべて目に染みるようだ。

唇を合わせながら、彼女の背中に手を回してブラジャーのホックを外す。服や下着が隠している情報はとても多い。一枚脱いで素肌をさらすだけで、その人の形、色や香り、すべての情報が一気に溢れ出す。服を着ていたときとはまったく異質の存在になって、突然部屋に現れたように裸は空間に浮かぶ。

彼女の手つきは優しかったが、いざ始まってしまうと私ははっきり言って恐かった。もし私たちのどちらかが、恋人の身体を無理だと思ってしまったら、私たちの関係は壊れてしまう。

彼女の脚の間から自分の身体を抜くと、ヘッドボードに背をもたせかけ、三角座りになった。異国の空港で迷子になったみたいな心細さが急に襲ってきた。目の前の彼女を直視できなくなり、立てた膝に自分の片頬を乗せたまま目を固く閉じる。激しい動悸に合わせて上下の歯がぶつかり、肩の辺りは冷や汗でじっとり湿った。男の人とベッドインするときには抱かない激しい抵抗感と、ろうそくの火のように揺らめく欲情とがせめぎ合った。

「逢衣」

いつもよりも、しっとりした声音で呼ばれて、ますます駄目になり、俯き、膝に額をつけて表情がばれないようにした。彼女が私の身体の中心に入り込んでくるのを完全に拒んだ。彼女の手が私の頭をなでる。

「顔を上げて、逢衣」

息を深く吸い込み意を決して顔を上げると、間近で見つめる彩夏と視線がぶつかった。彼女に恐がっている様子は皆無、むしろ動揺している私を観察して楽しんでいる瞳のきらめきがあったから、私は呆れと頼もしさを同時に感じ、弱々しい笑いを浮かべた。

彩夏と唇が触れ合うとさっきまで怯えていたのが嘘のように、自分でもなぜできるのか分からないほど自然で柔らかな動かし方で彼女の舌に応えることができた。本能に導かれた飾らない肉体の動きは、一挙手一投足が相手を求めるひたむきな愛情に溢れていた。二人の間で衝立の役割をしていた私の立て膝が力を失くして倒れた。いままで身体を縛っていた痛いほどの緊張が彼女と触れ合った部分からほどけてゆく。

生のままの酒を口移しで無理やり飲まされて、気づけば自分から飲み干しにいっているような。天然の酩酊が視界を熱く歪ませて呼吸を弾ませる。段々とベッドの上で起きていること以外すべてがどうでも良くなってゆく。

今まで裸でいても、私は全然裸じゃなかった。常識も世間体も意識から鮮やかに取り払い、生のみ抱きしめて、一糸纏わぬ姿で抱き合えば、こんなにも身体が軽いとは。

さらされた私たちの肌は、上昇していく体温に合わせて誘惑と欲情の香りを皮膚の表面から揮発させていた。エアコンもつけていない部屋は服を脱げば肌寒いはずだったが、お互いが発散する熱に当てられて少しも寒くない。一気にタガが外れて激しく抱き合うとお互いの身体にたくさんの唇のスタンプを押した。恥ずかしがる演技も電気を消してと頼む必要もない。私たちは初めて触れ合うお互いの身体の構造について、既に知り尽くしていた。

私たちに役割分担は無かった。私は彼女の身体すべてに唇を押し付け、肌を舐め、嚙みつき、吸った。脇腹の柔らかい肉は、体温と汗のまじった生々しい味がした。ただもう彼女の肌を舐めているという事実に頭が痺れて、なにも考えられなくなる。

夢中で彼女を味わっていた私の唇は彼女の身体のなかでも一際白く柔らかな乳房に近

づくと、緊張に固まり急にぎこちなくなった。そこは私にとって欲望を掻き立てる部位ではなかった。当たり前だけど男の身体とあまりにも違う。彼女の乳房は神聖さや安らぎさえ感じさせる清らかなかたちをしていた。

できない。

著しい性欲のUターンを体感した私は唾を呑み込むと、乳房を避けたと悟られないように慎重に唇の航路を変えながら彼女の脇腹の方へと舌を滑らせた。そのとき彩夏が突然私の乳房を鷲摑みにした。自分は触ることもできなかったくせに彩夏に掬い上げるように摑まれると心臓まで一緒に摑まれたみたいに鼓動が上がり喘ぎ声がもれた。

再び私を押し倒した彼女が、つくづくと私の裸体を見下ろした。彼女の目はなぜ私の綻ぶ瞬間を、いつも見逃さないのだろう。彼女に見抜かれる度に、二の腕の表面が火でちりちり炙られている感覚になるくらい恥ずかしいが、今はこのまま、ずっとずっと見つめられたい。私の頭の横に立つ彼女の両腕から、私をひたと見下ろす彼女の熱い眼差しから、垂れ下がった彼女の長い髪から、私を支配したいという欲望が全身に降りかかってくる。解き放たれた素肌の上気したほのかな汗の香り、そびやかすように尖った肩、呼吸に合わせて静かに上下している薄い腹とその中央の縦長の臍、湿り始めて私のそれと密着している陰部、すべてが甘い雨になって私に降り注ぐ。ぴたりとくっついた下半身は、彼女の内腿の筋肉にしっかりと固定されて動かない。

興奮は頂点に達していたはずなのに、彼女の手が私の内腿に滑り込み、下半身に彼女の細い指が届くと、再び緊張で身体じゅうの血が、乳房に対面したときと同じく一気に足元まで下がった。彼女の指は優しく情熱的に私を刺激したが、十分に潤んでいるにも拘わらず、息をひそめた私の股はどんどん固く閉じていった。

彩夏が苛立ちと不安と悲しみが交じった表情で私の顔を見る。こんな風に彼女の表情に翳が差して瞳に刺々しさが宿ると、普段隠している繊細な部分が露出して、逆に魅力が引き立つ。

私たちは彷徨う視線で言葉の無い会話を交わしたあと、私は彼女を自分の上からどかしてベッドの上に組み敷き、今度は自分の指で彼女を触った。こちらは乳房とは逆に、触られるのは恐くてもそこを触るのは平気だった。

当たり前だけど仕組みも構造も本当によく知っていた。繊細さを心掛けながら私は好きなように指を動かしたが、それは自分の好きなやり方が相手に伝わるということで、少しばつが悪かった。彼女は大げさに喘いだりしなかったが、それでも徐々に背中は反り、甘いため息を何度もつき、内腿が締まっていく。気づけば閉じ忘れた私の口から唾液が彼女の下腹にしたたり落ちている。

いま目の前にある、搔っ切るか強く絞めればたやすく死んでしまいそうな彼女の細い喉元が、高く真上へ掲げた尖った顎が、どんな秘部より私の目を刺激した。自分の快楽を追うのに夢中で安心しきってどこまでも長く喉を伸ばし、私の目の前に急所をさらけ出す彼女は、この瞬間殺されたところで永遠に気づきそうにない。私にとっては自分が達するよりもよっぽど、彼女の突き出した激しく喘ぐ喉を眺めることの方が重要だった。

私の肩に強くしがみつき、抑えきれない声を上げて彼女が果てた。快楽の海に自ら飛び込んでいく姿は、翻弄されて、いたいけだ。あんまり刺激が強すぎて、私の内側の筋肉は無いものを握り締めて勝手に収縮をくり返し、快感が背骨を伝って這い上がった。

彩夏は乱した息のまま私を再び組み敷こうとしたが、私は手で制した。

「次は私の番でしょ」

「今度ね、今はもう無理。気絶しそう」

触られてもいないのに達ったとはさすがに恥ずかしくて言えず、私は薄い上掛けをかぶってベッドに倒れ込んだ。シーツにところどころ光っている部分があり、触ってみたら彩夏のペディキュアが付着していた。やっぱりまだ乾いていなかった。あんなに綺麗に塗っていたのに、今ではほとんど全部剝げかけている。

乱れていた息が落ち着くと本当に清々しい気分になって、青空の下で草原に寝転がっているくらいに爽快だ。後ろめたさや罪悪感を抱くだろうと思っていたのに、彩夏と遂に結ばれた達成感で心の憂さはすべて吹き飛んだ。彩夏との身体の関係において私が乗り越えなければいけない壁はまだいくつもあった。でもこんな風に身体全部を使って彼女を愛した経験は、私のなかで自信の源になった。彩夏もまた晴れ晴れとした、楽しい正月を迎える子どものような顔をして枕に頭を埋めていた。私たちはベッドのなかで固く手を握りしめた。

私たちは一緒に未来を進める。私たちは二人で一足の靴のようなもので、お互いが揃えば、どこまでも勇ましく歩んでいける。

しかし眠りに入ると私の記憶の奥底は束の間の達成感を忘れ、現実での苦しみを夢に反映させた。

私と颯はテーブルの上で電熱器を使い、鍋をしていた。同棲時代によくした颯の好きな塩ちゃんこ鍋だ。私はずっと一緒に住んでいるはずの颯とちゃんと話すのがなぜか久しぶりな気がして、いつもよりはしゃいで彼と会話していた。彼は着心地が気に入って週三くらいのペースで登板させる白いトレーナーを今日も着ていた。笑顔で私の話を聞いていた颯がふと真顔になり箸を置いた。

「お前、何も覚えてないんだな」

「え?」

「俺たちの間に起きたこと、本当に何も覚えていないんだな」

私は颯の言っていることが理解できず、しかし記憶の深いところでは理解していて、なに言ってるの？　と呟きながらも涙が溢れて止まらなくなった。さびしい笑みを浮かべた颯が霞んで遠くなっていく。身体を揺さぶられる感触で目を覚ますと、彩夏が真っ青な顔で私を覗き込んでいた。

「大丈夫？　ずっとうなされてたよ。恐い夢でも見たの」

「ううん、覚えてない」

嘘をつきながらも夢の中での颯の表情が脳裡から離れない。彩夏が私の頬を拭うと彼女の指が涙で濡れた。

彩夏と共に暮らすようになって、私は初めて彼女が息もつけないくらい忙しいのだと知った。まさに今売りどきだと事務所に推されているらしい彼女は、朝早く出掛けては深夜に帰ってきて、その間に何本も仕事をこなしていた。出演したドラマや映画の宣伝のために、いくつも取材を受けるが、どれも時間が分刻みで決まっていて、少しでも過ぎるとマネージャーが記者に注意をするから落ち着いて話せない、と彼女はこぼしていた。天性の堂々とした腰の据わり方が彼女の仕事に向いているのは明らかだった。堂々を通り越して、緊張する能力が欠けているのかと思うくらい、どんな大きな仕事の場でも、まるで自分の寝室でくつろいでいるかのように振る舞った。彼女のそれらの面がすべて裏目に出てしまい、こっぴどく嫌われるときもあったようだが。

映画の撮影があると言って二週間ほど家を空けることも少なくない。マネージャーとして彼女を迎えに来たり、送り届けたりしている米原さんとは何度か会っているうちに親しくなった。私も彩夏も鍵を忘れて二人で家を出るという、信じられないミスを犯したとき、彼女はわざわざうちへ来てスペアキーで解錠してくれた。仕事を終えて帰ってきた彩夏が風呂に入っている間、私は明日の彩夏の身支度を確認している彼女と話した。

「サイは未成年の頃から働き者だったけど、仕事を離れたあとのプライベートの表情が、昔と今では全然違いますよ。仕事で全力を出し切るからか、終わったあとは死んだように無表情になって、電気が消えたみたいに暗いし、いくら仕事が順調でも、いつかはプレッシャーで潰れてしまうんじゃないかと思うくらい落差があったから、心配していたんです。中西さんとのお付き合いが始まってその緊張がいくらか和らいだように見えたから、私は事務所には内緒で二人の仲を応援していました。でも今みたいにキラキラした明るい雰囲気は当時のサイにはありませんでした。表現力にも磨きがかかって、演技にも深みが出ました。本当によい友達ができて良かったです」

さすがに米原さんは彩夏のことをよく観察している。本人より分かっていそうな雰囲気さえあった。二人に会った当初は、もっとビジネスライクな関係だと思っていたが、米原さんが仕事を超えて彩夏を気に掛けているのはよく伝わってきた。

「これからも朝はしっかり叩き起こすので任せてください」

「それも助かってます！　サイは乗り気になれない仕事のときはぐずぐずして、私が迎えにきても用意できていないどころかまだ起きてないのはザラだったんです。でも南里さんと一緒に住むようになって遅刻がゼロになって助かってます。サイも息もつけないくらい忙しくなってきたし、私の他に南里さんを専属マネージャーとして欲しいくらいですよ！」

「米原さんの大変さを傍で見ていると、私には務まる気がしませんよ」

「そこまで大変じゃありませんよ、サイが仕事をしているときは基本見ているだけだし、私もサポートしますから。私は本気でお誘いしてるんですよ南里さん、確か今は携帯電話ショップに勤めてらっしゃるんですよね？　失礼ながら、うちの事務所なら社長と相談して今のお給料よりだいぶ良い額を出せると思いますよ。なにしろあなたはサイのやる気を盛り立ててくれた人ですからね」

「ありがとうございます。でも私には華やかすぎる世界だから、遠慮しときます」

「残念です。気が変わったらいつでもおっしゃって下さい」

　本当は彩夏のマネージャーになってしまうと彼女との関係性がますます曖昧になりそうなのが恐かったのだ。彼女と好きで一緒にいるのか、仕事だから一緒にいるのか分からない関係にはなりたくない。

彩夏が風呂から上がってリビングへ入ってくるのを見届けてから、米原さんは立ち上がった。

「それでは私は帰ります。サイ、今晩のうちに明日の番組のためのアンケート、ちゃんと答えておいて下さいね！　あと授賞式のときまで爪は切らずに伸ばしておくのも忘れずに！　長さ出しするとしてもある程度土台の爪の長さがないと、ネイルアートが映えませんからね。最近サイはすぐ深爪にしちゃうからネイルが綺麗に塗れないって、メイクの橋本(はしもと)さんが嘆いてましたよ」

帰り際の米原さんの言葉に私と彩夏は視線を交わし、少し気まずい雰囲気になった。

「ねえ、茶しぶってミルクティーでも歯に沈着すると思う？」

「え？」

「紅茶はステインつくじゃない？　でもミルクティーはミルクで白くなってるから、つかないのかなぁ。ストローで飲んだ方が良いのかなぁ」

歯のホワイトニング効果を保つため彩夏は紅茶やコーヒーを飲むときは家では常にストローを使い、外出するときも何本か携帯していた。マグカップ一杯分作った熱々のミルクティーを冷ましてからストローで飲もうかどうか迷っている彼女を見ると、少し哀れになって、

「ミルクがステインを流してくれるから大丈夫じゃない？」

と言ったら、彼女は安心したように口をつけた。

私がソファに座って熱いコーヒーを飲んでいると、隣に腰を下ろした彩夏がにやにや笑いながら私の横顔を眺めてくる。本や携帯を熱心に見たりしていると、彩夏はよく指で私の身体の様々な場所を軽く叩いて、私の気を惹きたがった。彼女の指は私の両手首の付け根からスタートして両腕をたったかたと駆け上がり、指たちは私の項(うなじ)で出会い、彩夏は私をぎゅうと抱きしめる。当然本や携帯の画面は見えなくなり、彼女は強引に私の懐に入り込んでは色々とどうでもいいことを話しかけてくるのだった。

夕食のあと私がデスクに向かっていると、後ろから彩夏がまたいつもと同じように私の腕に指を歩かせはじめた。

「なに書いてるの？」

「履歴書」

私は取得した資格を記す欄まで埋めた履歴書を彩夏に向かって掲げた。

「え、仕事探してるの？」

「うん。今のとこは当初の予定通り辞めて、新しい就職先を探そうと思って。今の職も長津様のことは彩夏のおかげで解決したし、携帯のトラブルを解決してあげたらお客さんも喜んでくれるから、やりがいはあるんだけど、やっぱり派遣だし、次は長く勤められる仕事を見つけたいなと思って、色んな職種に応募してる」

以前真奈実から聞いた〝結婚生活にはお金が一番大切〟というワードが私の頭には残っていた。彩夏とずっと暮らしていくためには私にも職とお金が必要だ。彩夏がすごく稼いでいるのはもちろん知っていたが、依存するつもりはないし、もし彼女がなんらかの理由で仕事を失ったり、お金を使い果たしてしまったりしたとき、すぐにリカバリーできる状態にしておきたかった。颯と付き合っていた頃は家事や子どもの養育と引き換えに金銭面では面倒を見てもらうつもりでいたけど、彩夏とではそうはいかない。私自身がもっと自立し彩夏を守れる立場になる必要があった。定年まで働き続けられる職業が良い。

「子どもの頃の夢を叶えて、探検家になればいいじゃない」

「それはちょっと夢見がちすぎでしょ。探検家は確かに年齢制限は無いかもしれないけど、なんとなく二十五歳から目指すには遅すぎる気がする。収入も不安定そうだし」

「そうかな？　チャレンジしてみる価値はあると思うけど」

「私が探検家になって北極やらアマゾンやら行くようになったら、彩夏も忙しいんだし全然会えなくなるよ」

「う、それは困る。じゃあルポライターは？　探検家よりは地に足がついてそう」

「うーん、文章に携わる仕事はしたいけど、ルポライターも成功するかしないかで収入に差がありそうでリスキーな気がする。私は毎日出社して、たくさんじゃなくてもいいから定収入がもらえる仕事がしたい」

「もったいない、せっかくだから夢に挑戦すればいいのに。逢衣には私っていう巨大ファンドがついてるんだから、お金の心配なんかしなくてもいいのにさ」

「嫌だ、そんな愛人みたいな関係は」

「私のこと、パパって呼んでもいいよ」

「パパー、トイレの掃除お願いします」

以前は、彩夏は週に一回ハウスキーパーに掃除してもらっていたが、私と住むようになってから掃除は自分たちでやるようになった。私たちの部屋にできるだけ他人を入れたくない、という彼女の提案だった。彼女はぶつくさ言いながら立ち上がりトイレへ消えた。


職探しは想像していた以上に難航して、私は中途採用枠で応募したアミューズメント企業などの面接に連続して落ち続けた。一生働き続けたいと思うとどうしても大手を選びがちになり、学歴も職歴も目を惹くものがない上、既卒で派遣の私が落ち続けるのは当たり前かもしれなかった。

九通目となる不採用の薄い封筒を受け取った私はむしゃくしゃして、リビングで腕立て伏せをしている彩夏の背中の上に頬杖をつき、彼女に負荷をかけた。

「また落ちた。私を採用する会社なんかこの世に存在しない気がしてきた」

負けず嫌いの彩夏は私に体重をかけられたまま腕立て伏せを続けた。折り曲げた腕がぶるぶる震えている。

「逢衣は堅実さとか給料とかばかり重視して職を選んでるから、仕事内容自体に熱意が無いのが先方にばれて受からないんだよ。絶対に好きなことを仕事にした方が良い」

「じゃあ下着メーカーのショップ店員の面接を受けようかな。〝お客様、バストのラインがとっても綺麗ですよ〟とか二人きりの試着室でセールストークしながら、ブラジャーを売るの」

未だに彩夏の胸も触れない私に、

「下心ある人は面接受からないよ」

彩夏が間髪をいれずつっこんでくれたのはある意味優しさとも言えた。

ほとんどやけくそで再び履歴書を怒濤（どとう）の勢いで書き始めた私を彩夏は後ろから眺め、まだ貼りつけていない証明写真を手に取った。

「今まで色んな人に出会ってきたけど、逢衣以外でこんな顔は見たことないよ。逢衣って凶相なのに誰にも増して美しいね」

私はぎくりとして、生年月日を記していた手を止めた。高校生の私に新宿の占い師がぶつけた言葉と同じだ。真奈実と夜遊びしていた私は終電まで街をぶらつくつもりだったが、そのうちすることが無くなって街角の占い師のおばさんに手相を見てもらうことにした。おばさんは親切にも手相だけでなく人相まで見て「あんたは凶相だ」と私だけにはっきり言い、反骨精神が強すぎると告げた。少々お酒も入っていたせいか隣で真奈実が笑い転げていた。

「凶相なんて、ひどいよ彩夏。今までも、ちょっと黒目が上の方についてるから、すぐ睨んでるとか言われてきたんだよ。この目のせいで学生のとき恐い先輩からどれだけ呼び出し食らったか」

「目だけじゃないよね。鋭い眉毛もケンカ売ってるように見えるよね。私は逢衣の生意気な雰囲気が大好き」

ショックを受けた私は両手でほっぺたを挟んだ。

「そうだったんだ。生意気と言われるのは目のせいだけと思ってたよ、目が据わって見えるのは自分でも気づいてた。カラコン着けたらすぐ解決するかと思って、放置してたのに。眉毛もつり上げるつもりはないんだけど、毛の流れに合わせたら自然とこんな形になって」

「かっこいいよ、海外で活躍してるアジア人のモデルは、逢衣みたいな顔の人も多い。でも内面は全然違う。ケンカ売るどころか、礼儀正しくて真っ直ぐで情熱家だよね。私は逢衣には外見も中身もそのままで居てほしいな。カラコンなんてつけないで。黒目と白目のくっきりしてるとこが魅力的なんだから」

彩夏は褒めているつもりかもしれないが、自分の外見を客観的に評価する術を持たない私は、生まれて初めて自分の容貌の立ち位置が分かり、かなりショックだった。

でも彩夏だって私とは違うタイプの凶相であることは間違いない。現にアイドル寄りの売り出し方なのに、いかにも一癖ありそうな顔立ちが物議を醸している。童顔なのに可愛らしさやピュアさより内面の猛々しさが先に立ち、瞳の大きい猫目も丸い頬もぷりっとした唇もいかにも男性受けしそうなのに、微妙に女性ファンの方が多い彼女の現状は、獰猛な内面を男性が感じとり恐れているせいだろう。

特にゆっくり笑って口角の上がっていく唇から綺麗に並んだ歯がちらりと覗く瞬間が一番ヤバく、本人はなにも考えずただ微笑んでいるだけなのだが、整っているからまだ目立たないもののそこに現れる表情といったら狂気に近いと言ってもいいくらいで、笑いながら人を殺す役をやればぴったりなんじゃないかと思っているが、そういう役柄のオファーは来たことがないらしい。

彩夏から電話があり、いまから後輩と一緒に家へ帰っていいかと訊かれた。時刻は夜の十時を過ぎていて、彩夏は今日の夕方、撮影のために行っていた上海から日本に戻ってきたばかりだった。

彩夏が俳優仲間を、というか人自体をこの家に連れて来たいと言ったのは、私と同居し始めてから初めてのことで、私はすぐに「いいよ」と返事した。

晩春なのに蒸し暑く感じる部屋の窓を開けて、換気しながら軽く掃除をしていると、インターホンが鳴り、彩夏が小柄で長い黒髪が美しい女の子と肩を組んで帰ってきた。二人は撮影に使ったというお揃いの黒いキャップをかぶっていて、彩夏は上海で買ったのか、見慣れないTシャツを着ていた。二人とも、帰国してからの打ち上げでずいぶん飲んだのか、完全に出来上がっていて酒臭い。

「この子、鈴木凜。後輩でね、まだ二十二歳だっけ？　今は移籍したんだけど前は同じ事務所でね、寮の部屋が同じだったこともあるんだ。久しぶりに共演することになって、一緒に上海で仕事してきたの」

背中の真ん中辺りまで、真っ直ぐで細い黒髪を伸ばした凜ちゃんは、切りそろえた前髪の下から覗く小さな顔がミステリアスだったが、笑うと年相応の、いやそれよりも幼く見える愛くるしい表情になって、そのギャップが魅力的だった。彼女は華奢な手を私に向かって差し出し、よく通る澄んだ高い声でしゃべった。

「彩夏先輩にはいつもお世話になっています。彩夏先輩のお友達の逢衣さんですよね。先ほど先輩からお話を伺いました。夜分遅くに突然お邪魔してすみません」

「はじめまして！　うちは全然大丈夫だから、遠慮せずにゆっくりしていって。むしろこんなべろべろの彩夏を家まで送り届けてくれてありがとう。彩夏、米原さんはどうしたの？」

「さっきマンションの下でバイバイしてきた。明日は休みだから仕事の用意も必要ないって」

彩夏は酔ったとき特有のしつこさで、ふざけて私にキャップをかぶせようと何度もトライしてきた。

「ちょっとやめてってば。この人かなり酔っぱらってない？　飲み過ぎだって」

「空港のレストランでご飯食べてちょっとワイン飲むだけのつもりだったのに、凜がぐいぐい酒をすすめてくるからさあ。明日が休みで良かった」

「じゃあせっかくお家まで帰ってきたんだし、飲み直しましょう。逢衣さんもぜひご一緒に。私まだまだ飲めますよ。上海のスタッフにお土産としてもらったシャンパン、これ今飲んじゃいましょう」

彩夏にも先輩としての意地があるのか、どう見てももう十分酔っぱらってるのに凜ちゃんの提案を承諾して、家にあった貰い物のお酒などもすべて戸棚から出して深夜の酒盛りが始まった。凜ちゃんも相当飲んでいるはずなのによほど強いのか、笑顔でひっきりなしにお酒を彩夏や私に注ぐ一方、自分も同量、いやそれ以上飲んでもけろりとしている。早くも酔っぱらってきた私は、この業界の人たちの酒量は半端ないなと内心驚いていた。

「逢衣さん、彩夏先輩は上海でものすごい活躍ぶりだったんですよ。過密スケジュールで上海組は全員大変だったんだけど、特に主役級の彩夏先輩は撮影シーンが誰よりも多くて、出ずっぱりで、休憩時間は食事中しかないくらいずっと撮ってました。こんなに華奢なのに誰よりもスタミナがあって、彩夏先輩は本当に私の憧れの人です」

「凛の目があったからこそ私も頑張れたんだよ。元後輩には良いとこ見せなきゃと思って」

「ほんとかっこよかったです、先輩は。私はまだまだ脇役ばかりだけど、先輩を目指していつか主役を取れるように頑張ります！」

凛ちゃんは真っ直ぐ切り揃えた前髪の下の、神秘的な切れ長の目でリビングを見回した。

「それにしても先輩が友達と一緒に暮らしてるなんて、意外過ぎて信じられない。寮で私と同室だったときは誰かがいると思うと落ち着かないからって言って、部屋の真ん中をカーテンで仕切ってたぐらいの人でしたから。優しくて面倒見の良い先輩だったけど、この人と結婚する人は大変だなと思っていました。だから夫とかならまだしも、先輩が友達と住めるなんて、ほんと驚きです」

凛ちゃんの言葉は密かに私を有頂天にさせたが、凛ちゃんにというより彩夏に気取られたくなくて、

「まあその分、私が色々我慢してるから」

と答えると、彩夏は口をとがらせて、

「何よ我慢って。こんなに私が尽くしてるのに」

と食ってかかった。はいはい、とかわしながら私は彩夏がカルーアのボトルを手に取るのを見て、キッチンの冷蔵庫へ牛乳を取りに行った。

「尽くすって、先輩は逢衣さんに何をしてあげてるんですか？」

「オフの日は掃除機かけたり、洗濯物畳んだり。トイレ掃除もするし」

「それ、人間が暮らしてたら普通にやるべきことですよ。そういえば寮で一緒だったとき、先輩って片付けができないからっていう理由で、私物ほとんど無い状態で暮らしてましたよね。寮生の共同キッチン、使ってたの見たことないし。家事、苦手でしたよね」

彩夏は家事に関しては極端で、特に料理は、時には気合を入れてレストランで出てきそうな豪華な食事を作るが、日常の家庭料理は苦手で、放っておくと適当なものばかり食べている、でも週末は材料費を度外視したイタリア料理なんかを何時間もかけて作ってくれるようになった、と凛ちゃんに言おうか迷っていると、携帯に電話がかかってきた彼女はリビングを出た。私が牛乳のパックをテーブルに置くと、上気した頬の彩夏が

彼女の去った方へ顎を向けた。

「凜、いい奴でしょ」

「うん、まだ二十二歳なのにすごくしっかりした子だね。彩夏のこと先輩として尊敬してるみたいだった。努力してる分早くブレイクするといいね」

「そうなの、応援していきたい。事務所が同じだったときは共演も多かったんだけど、あの子がうちを離れてからはまったく会わなくなってね。移籍はあの子の問題じゃなく、あの子の両親とうちの事務所とのトラブルが原因だったのに、移籍後も圧力をかけられたらしくて苦労してきたみたい。でも時間が経ってようやく前と同じくらい活動できるようになって、今回の上海での作品であの子が移籍してから初めて共演することになった」

　凜ちゃんがいなくなった途端お酒に一切口をつけなくなった彩夏は、私の切ってきたきゅうりの浅漬けを、二つ三つと続けざまに食べた。

「凜と私は境遇が似てるんだ。私もあの子もまだ子どものときに故郷から一人で上京して、親元から離れて学業と仕事を両立させてた。同じように事務所の寮に入ってる子たちはたくさんいて、その子たちにはしょっちゅう親が訪ねてきたり手紙が届いたりしたけど、私と凜の部屋に両親がやって来たことは一度も無かった。だから私は凜の苦労が分かるし、できるだけサポートできたらと思ってる。今回の映画も、私が凜を推したんだ」

「二人とも子どものころから頑張ってきたからこそ、今の活躍があるんだね」

私が何も考えず、それ以外の道は知らずにのんびり学校へ通っていたときに、二人は将来の夢に向かって親元を離れて懸命に仕事をこなしていたのだ。そう思うと俄然二人を応援したくなった。

「売れてないときは仕事の本数こなさなきゃ暮らしていけるだけのお金は入らないから、とことん体力勝負だった。凜も私もショッピングサイトのモデルをやってたときは一日百八十回着替えて、ハイヒールの足ががくがくになって、ボタンを外したり留めたりしすぎた指から血が吹き出たことがある。栄養状態も最悪で、鍋でラーメン作っては凜と二人で分けて食べる日が何日も続いたりね」

「今日だけじゃなくて、凜ちゃんが来たいときにはいつでも来てもらおう。仕事終わりのお腹が減ってるときに連れてきて。私晩御飯作るから」

その後も飲み続けてさすがに酔っぱらい、今夜は泊まっていくという凜ちゃん用のベッドをソファに作っていると、彩夏が私の肩に腕をかけて抱きついてくる。

「ちょっと、ドアも閉めてないのにやめて」

「凜なら今バスルームにいるから大丈夫。ていうか抱きついてるの見られたくらいで怪しいとか思われないでしょ。女同士なんだから」

「いいから、とりあえず離れてよ。ベッド作れないじゃない。そうだ、私も彩夏に会って欲しい友達がいるんだ。真奈実っていう子なんだけど、高校からの親友で今は三児の母なの」

「へえ。念のため訊くけど逢衣はその子に特別な感情は無いよね」

「なんで彩夏はすぐにそういう発想になるの。私は友達結構いるけど、襲ってきたのはあんただけだから」

「こんな風に？」

彩夏は後ろから私の頭を摑むと私の耳にかぶりつく。わざと口を開けて嚙むから野卑な音が耳じゅうに響いた。強引に唇も合わせてくる。彼女からは強い酒の匂いがして普段以上に潑剌(はつらつ)とした生気が漂い、外国での中身の濃い仕事を終えて興奮しているのが伝わってきた。また抱きついてきて今度はほっぺたを嚙もうとしてくるので、

「だからやめてってば、酒臭いよ！　凜ちゃんが出たら次にすぐ彩夏がシャワー浴びてきて」

「逢衣愛してる。上海にいて会えない間さびしかった」

彩夏は甘えた声を出して私の乳房をTシャツの上から摑み、それだけでもひぇっとなったが、彼女の酔った手が私の胸の真ん中に移動してきたから余計身体が硬直した。

彼女の恐ろしいところは私の胸を触るとなったら、無意識なのか意識的なのか知らな

いが、乳房というより乳首というより確実に心の臓を狙ってくるところだ。左胸のちょうど膨らみが始まる谷間の辺りに手のひらを押し付けて鼓動を探り、私がどれだけドキドキしているかをまず点検してくる。手で感知できないと耳まで押し当ててくるので、官能というより本能的な恐怖が先に立つ。彼女は私の頸動脈の真上に唇を押し当てるのも上手いし、私がどんな姿勢でいてもぴたっと私の鼻をつまめることもすごいし、なぜか痛点もよく知っていて、肘の内側のごりっとした電気が走るところとか脇腹の強く押されると思わず身体をくの字に折り曲げてしまうポイント、つまり本物の急所を外すことなく触ってくるから、私は彼女の側へ寄るときいつも、完全には警戒心を解けなかった。

これだけ酔っぱらっていても外すことなく私の急所が分かるなら、もし彩夏が本気で私の命を狙ったら、一発で殺されてしまうだろう。私は彼女の身体を無理やり引きはがして、酔っぱらいを怒らせないよう作り笑顔になった。

「ありがとう、私もさびしかったよ！　はいバスタオル、持って行って」

酔いのせいか今夜の彩夏はしつこく、私を放さずに芝居がかったきざな口調で囁いた。

「逢衣は果物にたとえると梨だね。爽やかで薄くて甘い味で、水分多めで涼しい冷たさで。嚙むとすぐ口の中から消えちゃうから、食べても食べても満足できない」

それなら彩夏は赤黒い果皮で艶のある大粒のダークチェリーだ。熟れきってジューシーな血みたいに赤い果汁は喉を焼くほどの甘さでまとわりつき、甘酸っぱい果肉が去った舌の上には、硬くて小さな種が残る。でも糖度低めの梨の身としては、恥ずかしさが邪魔して口には出せなかった。

お盆を過ぎたあたりの太陽は、台風と台風の狭間でやけくそのように照ってぎらついていた。日中には肌に白く突き刺さる光線を浴びて、夜には窓の外で吹きすさぶ暴風の唸りを聞きながら眠りにつく夏となった。しかし私はそのめまぐるしさに翻弄されて戸惑いながらも気温や気圧の乱高下に身体が無理やりに順応してゆく感覚が嫌いではなかった。

連日早朝から仕事に駆り出されて、家に帰って来てもただ疲れきって寝るだけになっていた彩夏と、一日中一緒にいられる貴重な日が訪れた。

「ねえ今日晴れてるよ！　せっかくだから外に出よう」

久しぶりの休日なんだから朝ぐらいゆっくり眠っていればいいのに、年じゅう過活動ぎみの彩夏は七時に目覚めると私を揺り起こして躍る瞳で提案した。

「いいけど、どっか行きたいとこあるの？」

私はもうちょっと寝たいなぁと思いながら、しっかり開かない瞼で夢見心地のまま答えた。

「そういえば今年まだ海に行ってないね。湘南に泳ぎに行こう」

「いきなりだね！　ていうか、なんで湘南？」

「子どもの頃よく行ったから。夏と言えば湘南でしょ」

「そうなんだ。私行ったことないけど、日焼けした男女がナンパで出会って遊ぶ、ちょっとチャラい海のイメージがあるな。いまの彩夏が行ったら絡まれるんじゃない？」

「湘南は広いんだよ、実際逢衣のイメージ通りクラブの野外版みたいに盛り上がってる海岸もあるけど、もっと家族連れが楽しむ平和な海岸もあるの」

「詳しいね」

「うん、神奈川生まれだからね。まあでも確かに海はやめておいた方が良いか。いま日焼けしたら米原さんに怒鳴りつけられるだろうし。じゃあ、前に仕事でお世話になった写真家が原宿で個展を開いてるんだけど、一緒に見に行かない？」

「いいよ、楽しそう」

「やった。混む前にオープンと同時に入場しよう」

もう一度眠ろうと目を閉じたが、私も実ははしゃいでいたので心が浮き立って二度寝できず、結局二人とも起きて朝食をとった。

個展の開催場所であるビルにできる限り近い場所でタクシーを停めたにも拘わらず、彩夏と共に原宿を歩くと、ものの数分で彩夏に気づいた人たちに周りを囲まれた。彩夏は気にせずに自分の行きたい方角へ足を向けて歩くが、私は自意識過剰になり汗をかきながら俯いて彼女の後ろを追いかけた。去年の夏には自由に渋谷の街を二人で歩けたのに、刻一刻と人だかりの輪は分厚くなり、恐怖すら覚える。

「え、なになに、この人たち何に並んでるの？」

「列じゃないよ、芸能人いるんだって」

「うそ！　だれだれ？」

「サイカ、サイカ！」

女の子たちの上擦（うわず）った囁き声がさらに人を呼ぶ。彩夏の提案通り湘南の海なんて行ってたら、いくら家族向けの方の海岸でも大変なことになっていたに違いない。

一緒に暮らしているのに、私は彩夏の今の状況をあまりよく把握していなかった。逆に言えば彼女の現在の状態を知りたくないから、考えないようにしていたのかもしれなかった。

ここに来て、彩夏の男性からの人気が急に上昇しているのも私にとっては複雑で、恋人にしたい女性タレントランキングなどの上位に彼女が入っているのを見ると胸がざわついた。家ではあんなに豪快でほとんど野卑といっても良いほどなのにメディアの世界での彼女は〝清純派〟で、よく演じる役柄は〝健気(けなげ)な妹〟。人間不信になりそうなほどのギャップがあった。

人々は歓声を上げてもつれ合うようにして私たちと一緒に移動したが、遠巻きに見つめて笑ったり携帯で写真を撮ったりするばかりで、話しかけてくる人間は一人もいない。だから周りは人だらけなのに私たちは不思議なほどスムーズに歩き、目的のビルに入るとさすがに中まで追いかけてくる人はいなくて、二人でエレベーターに乗っているときに彩夏が笑いを漏らした。

「一人でいたり米原さんと一緒にいたりすると、握手してくださいとかサインしてくださいとか頼まれるのに、逢衣といるとなんでか誰も寄ってこないね。すいすい歩けるから助かるわ」

「え、なんでだろう」

「みんな逢衣が恐いんでしょ」

彩夏は嬉しそうに言ったが私は解せなかった。黒いスーツにサングラスをかけている屈強な男でもないのに、私が恐いなんてあり得るだろうか。もし本当にそうだったら、ちょっと気分は複雑だ。

個展を鑑賞したあと私たちは自宅に戻り、午後の時間を共に揃いの部屋着に着替えてリビングで過ごした。私たちは服の趣味がまったく違い、私はシンプルで色の薄い無地のデザインが好きだったが、彩夏は先鋭的なデザインのハイブランドが好きだった。お互いが共通で好きな色といえばペールグレーで、一緒に買い物へ行ったとき、セレクトショップでこの色のスウェットを見つけて購入した。今日はこのルームウェアを二人とも素肌に着ていた。私たちはペールグレーの他にも、もっと黒みの濃い、黒と灰と茶の混ざった色も好きで、洗濯後に衣類が一緒になったときなど、どちらの衣服か判断しづらいときがあった。

名称が分からない、チャコールグレーよりももっと濃い茶色がかった色だよねなどと言い合いながらネットで検索していたら、私たちが好きなのは涅色だと分かった。なんでも水の底によどんだ黒い土のことを涅というそうで、〝古代にはこの黒土で布地を染色しており、服色としては最下級の色でした〟とのことで、なぜ自ら好き好んでかつて最下級だった色を着てるんだろうと二人とも情けない気持ちになった。

出会った当時の彩夏の私服はファッション好きが高じすぎて、色とデザインの旋風がすごすぎる組み合わせか、周りに気づかれないよう絶対に目立たないためのなんの個性もない匿名性の高い服かに二分されていて、見ているこちらが精神的に不安定になりそうだった。エッジのきいたビビッドな配色のハイブランド服は、彼女が仕事で着る分には、スタイリストさんのおかげか非常に洗練されて見えたが、一たび彼女独特の趣味の組み合わせで私服として着ると、ド派手なファッションになった。だからネットなどに私服の画像をアップするときは米原さんがさりげなくチェックしてひどいのは省いていた。

しかし私と住むようになってからは両極端に走りすぎず自然なバランスに落ち着いてきた。メイクも、目も唇も頬も眉も主張の強い描き込みで、濃いめのカラーを主に使っていたのが、ブラウンの濃淡を主にしたナチュラルなメイクに変わった。前の化粧の名残りなのか時折目尻の際に細く赤いラインを引く日があって、それは本来彫りの深い西洋風の彼女の顔立ちを、アジア人としての色香が増すようにエキゾチックに変化させ、とても良く似合っていた。

私はといえば、前は外出するときもほとんどすっぴんに近い顔で、時々使う化粧品はドラッグストアで適当に買った寄せ集めで満足していたのに、彩夏のドレッサーに所狭しと様々なブランドのコスメが並んでいるのを見て心が浮き立ち、自分でも少しずつ買うようになった。彩夏は私のを使えばいいと言ってくれたが、私は彼女の持っているのとは別のブランドが気になり、仕事帰りに百貨店のコスメカウンターに立ち寄った。

髪色は透明感が出るようにアッシュに染めていたのを、素髪で通すようになり、私の頭頂からは本来の髪色である緑がかって見えるほどの濃い黒が生えてきていた。中学生のころと同じになってしまったと思ったが、十四歳のころと違うのは髪の質感で、柔らかくさらさらしていたあのころと違い、いまの髪は濡れたように黒く光っている。どう

かなと思ったが彩夏からの受けが良く、
「髪の毛が黒ければ黒いほど色白の肌とコントラストが際立って、首が長く見えて綺麗だよ。シルバーのピアス持ってたでしょ、あれを着けてよ、そしたら横顔がもっと印象的になるから」
と言われたので彼女の好み通りにしている。シルバーのスタースタッドピアスも追加で買った。あとは、以前は剝げの目立たない銀のラメのペディキュアばかり塗っていたが、このごろはヌードカラーか赤しか塗らなくなっていた。

私たちはお互いがお互いを好きであることに少しずつ確信と自信を持ち、その過程でお互いのオリジナルな素の部分の美しさに気づいていった。初めて女性と付き合って分かったのは、男性と付き合うときよりも、交ざり合ったとき圧倒的に雑味が少なく、純度が高いということだった。その高さにむせ返りそうになりながらも、私は一緒に暮らしてもどうしても姉妹のようにはならない自分と彩夏との、性別は同じであっても性質の違いから生まれる距離を愛した。

絶妙なカッティングのドレス、ネイルアーティストの仕上げた爪、膨らませて赤ピンクに輝く唇、ラメのパウダーをはたいた肌などの装いは、その下に隠された素肌との落差を楽しむためだけに存在した。彩夏が時折メイクも落とさず衣装も着替えずに仕事のときの格好のまま車で家まで帰ってくることがあったが、私は飾り立てられた自分の恋人がどれだけ美しいかより、百花繚乱の香水の匂いに鼻をやられながらも、その過剰なラッピングを解き素肌へ辿り着くまでの過程が、やはりもっとも楽しかった。ファッションとの落差が逆に、香りと汗を流したあとの肌の優しく素朴なまろやかさを引き立てた。私たちは趣味や嗜好どころか、お互いの身体が自然とシンクロしてゆくのも止められなかった。初めはばらばらだったタイミングが一緒に住むうちに揃ってきて、今ではほとんど同じタイミングで月のものが来るようになった。そんな日は私たちは腰をマッサージし合ったり、冷えた手足を小豆のカイロで温め合ったり、白湯を飲むときは自分のだけではなく二人分コップで持って行ったりした。

帰宅した後に転職用のエントリーシートを書き直していた私は、彩夏が静かなので何をしているのかと思ってパソコンから目を上げた。彼女はソファに寝転んだまま自分の右手を見つめている。まつ毛の長い伏せた瞳は五本の指をずっと見つめていて、怪我でもしたのかと思ったけれど、指先にはささくれ一つ無さそうだ。

夏の終わりのまだまだ元気な午後の陽光に包まれた彼女の横顔の輪郭は、思わず見とれるほど一分の狂いもなく整っていた。特に鼻から唇、上向きの顎にかけてのラインが、腕の良い画家が理想のラインを引いたように端整に浮き上がっている。

もしかしたら、彼女はいまが美しさのピークなのかもしれない。肉体は儚い。生きて鼓動を打ち続けても、絶頂はあっという間に過ぎてしまう。しかしその儚さこそが人を惹きつける。

「なんだか手だけだと、逢衣を征服した気になれないんだよね」

指を見てる理由が分かり、げんなりしてパソコンに再び視線を戻した。下ネタだった。

「昼間っから何言ってるの」

「逢衣は物足りなくないの？　私はさ、最愛のダーリンを満足させてあげられてないんじゃないかって、いつも不安なんだよ」

「彩夏の脳みそがもう少し賢くなれば、私はそれで十分満足だよ」

「もしくはさあ、そろそろ」

近寄ってきた彩夏が私の脚の間に顔を埋めるジェスチュアをしたので、私は靴下を履いた足で彼女の肩口を蹴った。

「痛い、痣になったらどうすんの！　近々雑誌でデコルテの開いたドレスの撮影があるのに」

「雑誌見て〝この痣、私の蹴ったとこだな〟と思いながら楽しませてもらうよ。そんな興味あるんなら通販でそういうおもちゃ買えばいいじゃん。彩夏は怪しいサイコロも買ってたし、手慣れたものでしょ」

「おもちゃを否定するつもりはないよ。ただ男の形状を持ち込まないとできないなんて、プライドが許さないの。だってなんか、口惜しくない？」

予想外に怒り出した彩夏は、音を立てて乱暴にデスクチェアに座ると、ヘッドレストに頭をもたせかけ、椅子を左右にゆっくりと回しながら、目を閉じて思案を巡らせた。

「探せばもっともっと素敵なものが見つかるはず。そう、探せば……」

ニットの袖口から出た細い人差し指の第二関節を軽く前歯でかじりつつ、眉間に皺を寄せている。そんな真剣に考えることかと呆れて私はエントリーシートに戻ったが、やがて彼女はチェアから立ちあがり、キッチンへ消えた。

私はため息をついて目を見開きパソコンに集中する。真面目に略歴を書いている最中だったから、現実の彩夏との会話と文章の内容に落差がありすぎる。

まだ文章がまとまってはいなかったが、一つ疑念が頭に浮かび、私はキッチンの彼女に声をかけた。

「ちょっと！　野菜は絶対嫌だからね！」

彩夏はなにも答えず、代わりに冷蔵庫の野菜室のスライド式ドアがばたんと閉まる音がした。やっぱり……。人参にラップでも巻いて使うつもりだったのか？　そんな夜があれば私はもう二度と平常心で人参を口にすることができなくなるだろう。

そしたらキッチンから茄子を持ってきたから、怒りより先に笑うしかなかった。

「だから嫌だって言ったのに！　あなたは私のことを冷蔵庫かなにかと勘違いしてる

の？」

　彩夏は不満げな顔でキッチンにまた引っ込むと、新たなアイテムを手にして、今度は先程よりも自信のある顔つきで戻ってきた。

「もっと小さくてぴったりのもの見つけた。ほら、これ使おう」

　彼女の手のひらにあったのはビフィズス菌が豊富な飲むヨーグルトのボトルだった。確かに大きさも真ん中がへこんだ形状もさきほどの茄子よりは格段に良くなっていたが、赤いキャップのそれを出し入れされると想像するだけで震えがきた。

「無理、あり得ない。おとなしく通販のアダルトグッズを売ってる店でディルドを購入しよう」

「よくも恥ずかしげもなくそんな単語が言えるね。逢衣って本当はものすごく下品な女なんじゃないの」

「コレ使おうって、ヨーグルトのボトルを持ってきた女は下品じゃないの？」

　結局相応しいものは彩夏が家じゅう探しても見つからず、彼女が落胆して終わった。当たり前だ。まだ諦めきれない様子の彩夏はネットを見て、

「これはどう？」

　と持ち手部分が大ぶりのメイクブラシを提示してきた。メイクブラシだろうがなんだろうが嫌なものは嫌だったが、とりあえず今夜逃げ切るのを目標にして「いいんじゃな

い」と返事したら、浮き浮きした様子でネットショッピングをしていた。

彩夏と一緒に彼女が出てくるドラマを観るのは、すごく楽しい。彼女は恥ずかしいのか、自分が登場すると決まって無表情になり、何かと理由をつけて席を立とうとするが、私は行かせない。録りためた映像から、特に泣くシーンとキスシーンとぶりっこしているシーンを厳選し、本人をからかいながら鑑賞する。映像を彼女の変な表情のところで一時停止して、携帯で何枚か撮り保存した。やめろと叩かれるが、もちろんやめない。

一緒にお風呂に入って汗を流したあとは、時間があるときの私たちの日課になっている、脱毛に勤しんだ。前々から全身脱毛したいと思っていた私は、この夏エステサロンに通うつもりだったが、個室で裸の私と共に過ごすエステティシャンに彩夏が嫉妬するという事態が起きて、通わせてもらえなかった。代わりに家庭用脱毛器を購入し、二人でお互いの脱毛を手伝った。二人とも半裸なのに、ちっとも色気のある雰囲気にならなかったのは、レーザー光線で網膜を焼かないように両者共に黒いサングラスをかけ、腕や脛にレーザーを当て合っている光景がかなり間抜けだからだろうか。

私がレーザー脱毛初体験なのとは逆に、彩夏は脇や脚、顔やうなじに至るまでほとんどすべての部位を脱毛し終えていたが、陰部のみまだ不十分だった。陰部の脱毛のためにサロンには何回か通ったが、痛すぎて途中で挫折したという。

レーザーでの脱毛はバチンとした刺激はあるものの我慢できないほどではないが、Vラインや I ラインなどと呼ばれる陰毛の脱毛は、敏感な箇所ゆえ毛穴に焼いた針が突き刺さったように痛かった。綺麗に剃った後に脱毛器を当てて、お互い悲鳴を上げ合う光景は、到底誰にも見せられなかった。私はVラインは脱毛しつつ、真ん中の縦の I ラインはある程度残す常識的なデザインにしたが、彩夏はもっと攻めて、指二本分の幅しか残らない激細の I ラインに仕上げるつもりでいた。今後水着や下着での撮影があったときに、その方が安心だというのが理由で、本当は無毛地帯にするのが本人の希望だったが、将来温泉などで困る日も来るでしょうと私が諭すと、しぶしぶ従った。

脱毛する前の、普通に生えていたときはどうしていたかという話になると、

「梳いてたよ。下の毛もブラッシングは必要でしょ」

と彩夏は言って、使っていたという小さな櫛も見せてきたので、笑いが止まらなくなった。

「なんで笑うの、表面がとっても綺麗に整うのに」

彼女が背を屈めて生真面目に陰毛を梳いている姿を想像して、酸欠でこめかみが痛くなるほど笑った。

味気ない脱毛に興を添えようとでも思ったのか、彼女はわざとらしく甲高い嬌声を出して身をくねらせたが、声が芝居がかりすぎているのと、毛根の焼ける焦げ臭さでま

ったく色気のある雰囲気にはならなかった。ポルノを真似たような喘ぎ声にはちっともリアリティがない。

彼女は本当に気持ち良いときは、声帯ではなく息を殺して腹筋を使った。彼女の健康的に引き締まった、縦長の臍をアクセントにした腹は、快感に合わせて忠実にギュッと締まったり震えながら温まったりをくり返した。私は彼女の喘ぎ声は無視して痛みで引き締まる腹筋を眺めつつそちらの様子を思い出して赤面しながら、彩夏の毛根をレーザーで撃滅していった。

夕食を食べ終わったあと彩夏が得意げに切り出した。

「今日の締めくくりとして、私から逢衣にプレゼントがあります」

「え、そうなの?」

彩夏は膨らんだ書類封筒を取り出すと、テーブルの上に様々なパンフレットを並べた。〝募集案内〟〝中途採用募集要項〟などの文字が並んでいる紙もある。

「事務所や仕事先で〝友達が職探ししてるから紹介してくれないか〟って色んな人に訊いて回ったら、これだけ紹介してもらえた」

企業案内のパンフレットは錚々(そうそう)たる会社のものばかりで、私は一瞬舞い上がったがすぐ落下した。

「これを紹介してくれた人たち、絶対に下心あるでしょ。何か対価が無かったらこんなに親切にしてくれるわけない」

「あってもいいじゃない。私がその分働いて下心の分を返していけばいいんだから」

「肉体関係を求められたりしないの？」

「あり得ない！　ねえ、仕事を紹介してくれた人たちは単に紹介してくれただけであって、つてで必ず逢衣をねじ込むって保証してくれた人たちではないんだからね？　いくら紹介で面接受けても、あんたがその企業に相応しくなければ落とされるの。だからちゃんと準備してから行きなよ」

「分かってるよ、ありがとう。チャンスを逃さないようにとりあえずこのパンフレットの企業は全部受ける」

「数打ちゃ当たる戦法に出ないの！　まず第一志望の会社を受ける。そこに落ちたら第二志望っていう風にちゃんと的を絞って」

「じゃあ、まずは秀芳社を受ける。紀行の本やノンフィクションでおもしろいのいっぱい出しているところだし」

私は一番気になった出版社のパンフレットを手に取った。受かるとは思えないが、もし就職できれば文章に関わる部署に配属されるかもしれない。

「あ、ここは契約社員の枠しか募集してないんだ。アルバイトみたいなものだって、紹介してくれた出版部の山岸さんが言ってたから」

「そうなんだ、じゃあ別の企業にする」

「ちょっと待って。この会社に一番興味があるんだよね？　ならやっぱり、ここ受けた方が良いよ。興味のある仕事に携わった方がやる気が出る」

「でも不安定な雇用形態は望んでないから」

「いや、初めは契約社員でも後々正社員になった人は、いるにはいるって山岸さん言ってたから、とりあえず受けてみなよ」

「うーん、分かった」

私としても興味の持てる仕事に就けるのは魅力的だった。頼りになるダーリンだわと心の中で彩夏に感謝しつつ、今度こそ採用してくれる会社が見つかればいいなと、落ち続けて就活恐怖症になっていた私は希望を持ちすぎないようにこわごわ祈った。

「逢衣の職探しに参加できて嬉しいよ。仕事面ではいつもサポートしてもらうばっかりだったから、こうやって今度は私の方が手助けできる日が来るなんて、かんがえぶかいよ」

やっぱり言っている。前に一度同じように言っているのを聞いたときは、聞き間違いかなと思っていたのだけど。

「かんがえぶかい、じゃなくて、かんがいぶかい、じゃない？」

「えー、考えが深いのに？　じゃあほんとはどんな漢字なの」

メモ帳に感慨、と書くと、彩夏はムツカシイ顔をして字に顔を寄せ「読めない」と呟いた。


書類選考、筆記試験、面接を経て私は晴れて秀芳社の契約社員になった。自分のことのように喜ぶ彩夏に対して、私はやや後ろめたかった。

「おめでとう！　逢衣の実力が認められて私も嬉しいよ。今夜お祝いしよっか、私、できるだけ早めに帰ってきて晩御飯作るよ。帰りにスーパーに寄って牛肉とホタテ買ってくるね」

「ありがとう。でも私の実力じゃなくて、彩夏が紹介してくれたからこその採用だから」

「まさか！　私は契約社員募集の情報をもらっただけで、何もしてないから。っていうか私の顔がきくなら中途採用の正社員枠にねじ込んだよ」

「まあ、とはいえね」

しかしせっかくもらえたチャンスだから、ベストを尽くしたい。私は女性誌のヒューマン班という部署に配属されたが、仕事内容は雑用が主で、読者アンケートの集計や配布するサンプルの小分けなどを担当した。幾多の雑用のなかでも、新商品紹介のためのちょっとした文章を書くことが一番やりがいがあり、砂粒ほどの小さな文字でも、自分の書いた文が活字になるのが嬉しかった。

徐々にやがて急激に、現実世界でもメディア上の世界でもトリミングされてゆく彼女は、大勢の人たちの手と惜しみなく注ぎ込まれる金銭によって、一ミリ単位で精巧に形作られ、微調整に微調整を重ねられていた。彩夏は毛穴が見えるくらいの拡大と、かなり離れた場所から眺めても目を惹く縮小の、両方に耐えうるビジュアルである必要があり、そのどちらも造形を整えるだけでは足りず、内側から輝く光が必要だった。パワー、活気、天性の華。彩夏は努力していた。

仕事へののめり込みように、ストッパーが無さすぎて、傍で見ていると恐くなることもあった。ひとたび全能感に包まれると、ほんの少しの睡眠時間、ほんの少しの食事だけで、エネルギッシュに輝き続け、人の頭のなかにある理想をほぼパーフェクトに現実に再現する。そんなときの彼女は目を離せないくらいの存在感なのに、人の美感に忠実すぎてまるで意思がなく見えない糸で操られているようにも見え、息苦しささえ感じた。

彼女が遂に映画で主役を張ることになり、撮影のプレッシャーが段違いなのか、めずらしく日に日にナーバスになっていった。ある日、深夜に帰ってくると電気の点いていいないリビングで唐突に仕事の話を始めた。お風呂上がりだった私は髪を拭き、立ったたま彼女の話に耳を傾けた。

「私がドラマや映画で誰かを演じてて一番楽しいなと思うときはね、その人物の過去のエピソードが本編に出てくるときなの。良い映画やドラマに欠かせない筋立てのしっかりした物語ってね、人物たちを点で見ずに過去に何があったかをいくつかのシーンでちゃんと見せてる。で、私は脚本の回想のシーンを読んで、こういう人間だったのかって改めて理解してから役に入るわけ。そしたら演技が全然違ってくる、動作や視線一つ一つにも意味が出てくる。

いまの世の中って普通に生きてたら、他人の個人的な歴史なんて、まあどうでもいいでしょ。あの人は優しい、あの人はかっこいい、あの人は意地悪、あの人はお金が無い。なぜそんな風にその人がなったかまでは考えない。深入りしたら、おせっかいとかプライバシーの侵害って言われちゃう。

でも映画もドラマもそれぞれの濃い個人史を抱えた人たちが交錯して、事件や恋が起こるまでの過程を丁寧に描いてる。そういうところが好きなの。人間は今だけを生きてるんじゃなくて、同時に忘れられない過去とも一緒に生きてるっていうのが、自分とはまったく違う人間を演じることによって分かってくるんだ。私はこの仕事をできてる自分は幸せだと思う」

幸せだと語る彩夏の空（くう）を見つめる瞳が異様に厳しかったので、私は特に自分の意見を言わず、自分の分と彼女の分のホットミルクを作って、先に寝室へ入った。

彩夏は、どんなにたくさんの観客が目の前にいても、お前はリビングでしゃべってるのかというくらいリラックスしてあっけらかんと話したし、大仕事の前日も、帰ってきたら私にひとしきりどれだけの大役を任されたかを自慢したあとは、ベッドに寝っころがるとすぐ眠った。下準備は直前に集中してやるらしいが、彼女にとって緊張で何も手につかない、という時間は一秒も無さそうだった。肝の据わりかたが半端ないというか、想像力がないのではと疑うくらいだったから、ぴりついているのを初めて見て、彼女にもそんな機能が搭載されていたのかと驚いた。

ベッドの用意をしているときキッチンの方からガラスが割れるような音が続けて聞こえ、彩夏は走って家を出て行ったようだが、私は見に行かずに布団に入ると目を閉じた。

私と彼女の仕事は業種がまったく違うが、隣接した業界と言っても良いおかげで、私は彩夏に取材に行ったという同僚の話を聞いたりと、仕事上でもよく彼女の存在を感じていた。

勤め始めてひと月ほど経ったころ、用事があって行けないからと上司から譲り受けた新作ジュエリーのお披露目会の招待状と同じすみれ色の封筒が、彩夏宛てに届いた。そ

のレセプションに彩夏は必ずしも出席する必要は無かったが、私たちは同じ招待状という符合が嬉しかったから、

「せっかくだから一緒に行こうよ。私も着るから逢衣もドレス着てよ。ほら、いっぱいあるからどれでも好きなの着ていいよ。私たちほとんどサイズ同じだからどれでも着られると思う」

彩夏は自分のドレス用のクローゼットを開けて私に見せた。カラー別に並べられた洗練されたドレスが広いクローゼットの端から端まで吊るされている。

「おかしいよ、私がドレスなんか着て行ったら。仕事で来てるのに、なに勘違いしてるのって言われる。自分のスーツがあるから大丈夫」

「じゃあスーツでもいいからせめて私のを着て。逢衣のは就活で使ったリクルートスーツを大事にまだ持ってますって感じなんだもん」

「良く分かったね、その通り、就活のときに買ったのをまだ使ってるよ」

彩夏は自分のクローゼットから黒いタイトなスーツを取りだして私に渡した。

「これ着て」

細身のスーツの上下に、彩夏より体重のある私はひやひやしながらも、白いシャツを下に合わせて着た。同業者でここまでタイトなスーツを着ている女性は見かけたことがないから浮くだろうが、彩夏の隣に居るならこれぐらいでもいいかもしれない。服から

は仄かに彩夏の香水の匂いが立ち上り、彼女に抱きしめられているときと同じ気分になった。

彩夏は胸元に深いスリットの入ったオーダーメイドのタイトなドレスを着て鏡の前に立った。相変わらず彼女の選ぶ服は攻めている。

「ちょっと胸ぐら開きすぎてない？」

「胸ぐらって。ご心配なら詰めましょうか」

「心配とかじゃなくて、ちょっとおかしいくらい開いてる」

「そうでもないよ。ラウンドネックだったら開きすぎかもしれないけど、これはVネックだから、これぐらい切れ込みの深さがあった方がシャープに見える」

「じゃあ下に何か着て。そんな格好じゃ、かがんだときに谷間どころか臍まで見えるよ」

「このデザインで下に何か着るなんて、あり得ない！　もう、着替えるからいい」

結局彼女も私に貸してくれたのと似たような上下黒のスーツに着替えた。

夕方私たちがタクシーで向かったホテル内の会場には、すでに大勢の着飾った客が詰めかけていて、撮影場所も設けられていたが、今日はプライベートで来てるからと彩夏は素通りした。パーティには必ず同行するという米原さんと共に、私たちはホールへ入った。海の底のようなブルーグレーのライトに沈む広い空間にはたくさんの招待客がひしめき、展示されているジュエリーにはあまり興味を示さずに、歓談していた。こういう場所に初めて来た私は辺りを見回しながら、物怖じせず会場を突っ切っていく彩夏の背中を追って歩いた。

プライベートなのでごゆっくりどうぞ、何かあれば呼んでくださいと言い残し米原さんは私たちのいるテーブルから離れ、誰かと話し始めた。飾りたてた客のなかでも一際目立っている人がところどころ紛れていて、確かにこの顔をテレビで見たことがあると思う人も何人か居たが、名前がすぐには思い出せなかった。会場の雰囲気は想像していたよりずっとスノッブで顔見知り同士が多そうで、この場に不釣り合いな私は白ワインを飲みながら、早く帰りたかった。彩夏はもちろん私より落ち着いていて、スーツの上を脱ぎ、黒いフリンジが露出した腰の部分でさらさら揺れているトップス一枚になって悠然と立っていた。彼女は仕事のとき用のすごい高さのハイヒールを履いていて、もともとは同じ背丈なのに私よりだいぶ背が高くなっているのがちょっとずるい。

「あっ、彩夏先輩来てたんですね！　逢衣さんも。こんばんはー」

凛ちゃんが手を振りながら近づいてきた。当たり前だが凛ちゃんは空港からうちに来たときの服装と違って、蓮の刺繡（ししゅう）入りのエメラルドグリーンのチャイナ風ドレスが華奢な身体にとてもよく似合い、アイラインを濃く引いた目力の強いメイクも会場の華やかな雰囲気と合っていた。顔が広いようで色んなテーブルに近づいては誰かとハグし合っていた。

凛ちゃんが去ったあとは誰も私たちに話しかけてこない。彩夏に気づいている人たちはいて、彼らの視線は痛いほど感じるのに誰も話しかけてこないという、いつか原宿で経験したのと同じ現象が起きていた。それどころかテーブルを共用していた人たちもいつの間にかどこかへ去り、テーブルは私たち二人だけになっていた。

あまりにも自然に周りから人がいなくなる。やっぱりどんなに普通に友達同士として振る舞っていても、私たちの密やかな関係はだだもれなのではないだろうか。お邪魔してはいけない雰囲気を醸し出しているのか?

彩夏にとっては知り合いがたくさん来ている場らしく、その人たちが近くを通ると彼女はにこやかな笑顔で話しかけたが、話しかけられた人は愛想笑いで顔をこわばらせ、緊張で声を上ずらせたまま、会話もそこそこに離れていく。でも彩夏はまるで気にしておらず、むしろ自由にのびのびと、私だけとしゃべり、楽しそうに笑っていた。

「せっかく来たんだから、仕事に繋がりそうな人に挨拶してきたら?」

陳列されているジュエリーの説明を係の人に聞いてメモしてから彩夏のもとへ戻った私は、提案してみた。

「なんで?　今日は逢衣と一緒に居られるのが楽しみでここに来たのに、他の人と話すなんて時間がもったいない」

私たち二人の側には誰もいないけど、視線だけは異様なほど、痛いほどに感じ、不意に首をめぐらして周囲を眺めたら、一度に十人くらいと目が合いそうな状況だった。きっと彩夏を知っていて彼女に話しかけたい人間は山ほどいるのだろう。誰とも視線を合わせたくない私は、むしろ首を完全に固定して、視線を動かさないよう努力しなければいけないほどだった。彩夏はこんなに見られているなかで毎日を過ごしているのか、彼女はどうしてこうもナチュラルに無邪気な振る舞いを続けられるのだろう。

フィンガーフードをつまんでいるとき、主催者側らしいスーツ姿の男性と、一眼レフを持ちＰＲＥＳＳの腕章をつけた女性が、私たちの方を見てひそひそ話しているのに気づいた。女性は男性に押し出されるようにして、私たちの前までためらいがちな足取りで近づいてきた。

「パーティの模様を紹介した記事を公式ホームページに載せるのですが、そちらにゲストとしてお二人の写真を載せてもよろしいでしょうか。オフィスＮＪさんの許諾はマネージャーさんよりいただいております」

彩夏が少し離れた場所で私たちを見守っている米原さんの方を見ると、彼女は指で○を形作って合図した。

「なら私は大丈夫。でもこの人は出版社に勤めてて芸能関係者ではないから、私一人の方がいいんじゃない？」

「あっ、相談して来ます」

フォトグラファーは再びスーツ姿の男性のもとへ走ったがすぐに戻ってきた。

「ぜひお隣の方もご一緒に写真を撮らせていただけたらと思います」

彩夏は上を向いて笑い上機嫌になった。

「いいよ！　逢衣も一緒に撮ろう。ただこの子の顔は私が隠すからね。いい？」

彩夏は私とフォトグラファーに交互に顔を向け、同時に訊いた。私は写真の掲載がばれたら会社にお咎めを食らうかもと危惧していたが、顔を隠すならまあ大丈夫だろうと思い、頷いた。

「はい、はい。どのような形でも大丈夫です」

フォトグラファーは急いでカメラの支度を始めたが、緊張しているのか手を慌ただしく動かし何度もファインダーを覗き込んでは「あれ？　あれ？」と泣きそうな声で呟いている。じっと見ていたらもっと緊張するだろうと、私は彼女から視線を外した。

「すみません、お待たせしました！　よろしくお願いします」

「はーい」

彩夏は私の肩を引き寄せて密着させると、後ろから回した手で私の目を隠した。前が見えなくなった私はされるがままに彩夏の首の辺りに頭をもたせかけた。

「ありがとうございます、まずアップから撮ります。ありがとうございます、次は全身を撮らせていただきます」

　私は彩夏のズルがばれればいいと思い、わざと彩夏のハイヒールの間に自分のローヒールを挟んだ。毛足の短い赤ワイン色の絨毯（じゅうたん）の上に四つの足の甲が交互に並ぶ。

「いいですね、すごく素敵です。あともう少しだけお願いします」

　途中彩夏が私のこめかみに唇をほんの少し当てたのが感触で伝わって私はぎくりとしたが、フォトグラファーの女性は、あっいいですね！　と嬉しそうな声のトーンで言っただけだった。

「……はい、ありがとうございました！　おかげさまでとても良い写真が撮れました！」

　彩夏の手から解放されて再び視界の戻った私は、彩夏と見つめ合い、微笑みを交わした。

　ジュエリーのイメージムービーを観ているときに、前方に所属部署の編集長がいるのを見つけて、上映終了後、彩夏と共に彼のもとへ歩み寄った。

「来てらしたんですね！　今日私、渡辺（わたなべ）さんの代わりで来たんです」

　彼は私たちに気づくと笑顔を見せた。

「どうもどうも。そうだったんだね、僕も来るつもりは無かったんだけど、ちょっと時間が空いたから」

「はじめまして、荘田彩夏です。逢衣がいつもお世話になっております」

彩夏が丁寧に頭を下げた。

「はじめまして！　南里さんは体力と根性があって、読者へのサンプル品の配布とか人気コーディネートのアンケートの集計とか、根気の要る仕事も一生懸命やってくれるので、こちらとしても助かっていますよ。良い方を紹介してくださってありがとうございます」

要するに彼は、私には雑用を片づける能力はあると言っているのだが、仕事内容をやや盛って彩夏に伝えていた私は、本当のところが彼女にばれないか、ひやひやした。しかし彼女は彼の言葉について特に突っ込んで訊いたりしなかった。

「はい、この人は見かけによらず真面目なタイプなんです。どんどん使ってやってください。逢衣をどうぞよろしくお願いします」

彩夏は編集長に深々と頭を下げた。彼女が誰かに腰を低くして接するのを初めて見て私は密かに驚いていた。

「そうだ南里さん、二、三訊きたいことがあるんだけどいいかな」

編集長が仕事に関して私に確認を始めると、どうぞごゆっくりと言って彩夏はその場を離れた。

仕事の話が終わると、編集長は声をひそめた。

「実はレセプションが始まる前に南里さんを見つけて、声かけようと思ったけど、彩夏さんと一緒にいるのを見たら近寄りがたくて、やっぱりやめとこうと思ったんだよ。二人は本当に友達同士なの？」

なんでだろう、気をつけていたつもりだったけど。長年ファッション雑誌の編集部に在籍しているこのお洒落(しゃれ)な編集長は、女性への洞察力がすごい。緊張しながらもぎこちない笑顔を作る。

「もちろん、友達ですよ。彩夏はああ見えて、実際に話すと気さくというか、フレンドリーなタイプなので、編集長が声をかけてくださっていたら喜んでいたと思います」

「うん、さっき話した感じだと、気さくな人だったよね。彩夏さんがどうっていうか、彼女と君が並んだときの雰囲気がコワイんだよ。なんか二匹のドーベルマンに睨まれてるような迫力がある。いや二人とももちろんお綺麗なんだけどね、僕みたいのが前に立ったら、あんたみたいなモヤシ引きちぎってやる、ってがうがうって撃退されそうで」

思っていたのと違う感想だ。私はほっとした。

「そんなことないですよ、私たち確かにでかい女二人だけど、誰かに噛みついていくようなタイプじゃないですよ」

「じゃあ話しかければ良かったな。それじゃ、僕はこれで。そうだ、彩夏さんにまたうちのインタビューを受けてくれるよう、誘いをかけておいてな」

「了解です」

会場と繋がっているバーラウンジでお酒を飲んで一休みしているとき、私の微かな目の動きを追って、彩夏が覗き込むようににっこり笑ってきた。

「いまの人、格好いいなって思ってたでしょ」

気づかないうちに私を観察して、私の心を読むのは恐いからやめてほしい。笑ってはいるが彼女がちょっと怒りかけなのが、下瞼の膨らみの具合から伝わってくる。やばいと思いつつも、もうばれているのだから仕方なかった。

「そうだね、でもあんな人、誰の目だって惹くでしょ？」

私たちの話題の的になっているのは、いましがた私たちの側を通りすぎた、スーツの上からでも体格の良さが窺える男性だった。彼は私たちの正面にあるテーブルについていて、内面の健やかさを示している広い肩、闊達な物言い、自信に満ちながらも爽やかな態度など、バーラウンジ全体を呑み込んでしまうような存在感と魅力があった。真面目なスーツ姿からしておそらく裏方側の人のはずなのに、それでも否応なく目立っているところが素敵だ。私は確かに彼をちょっと眺めていたが、彩夏に気づかれないよう、さりげなく短く、視線を送っていたつもりだった。

「どこが？　あんなの万人受けするタイプじゃないよ、私はあんまり好きじゃない、単純そう。逢衣ってひたすら性格が明るそうで腕っぷしの強そうなのが好きだよね。スタイル良くてケンカに勝てて、堅気の仕事についてる男なら誰でもいいの？」

「それを言うなら、彩夏はあの人とかがいいでしょ？」

私は入り口で笑顔で立ち話をしている一人の男性を顎で指した。すらっとした背格好で柔らかそうな巻き毛、柔和な表情を浮かべている端整な顔立ち。そう、まるで琢磨のような。

彩夏の表情は少しも変わらなかったが、顎の先が微かに揺れた。視線が止まり、言葉もすぐに発さない。不自然なほど無反応なのが、逆に明らかに反応した証拠だった。

「そうかもね。私はちらちら見てないけどね」

平気そうに言ったが、内心はこれだけ大勢の男性がいるなかで視線のヒントもなく彼女の一番好みのタイプを当てた私に驚いているのが伝わってきた。私は自分で当てにいったくせに、図星をさされて動揺している彩夏の様子を見るとむっとした。この話題を深掘りすると地雷が多すぎるのが分かったので、そっと別なジャンルに話題をスライドさせた。お互い表面上普通に楽しく会話しているけど内面はぎすぎすしているのが伝わっている、喧嘩したい気分になっているけど喧嘩まで持ち込んだら嫉妬したのがばれてしまうからここはスマートに済ませたくて努力している、幾層にも重なる感情のミルフイーユを味わったあと、疲れはてて会場をあとにしてタクシーに乗った。

気軽に男性の話をしてしまったが、まだまだ私たちにとっては繊細すぎる話題だったようだ。タクシーのなかでは一言もしゃべらず、そっぽを向いて窓の外を見ながら手だけは繋いでいた。窓の外を流れるテールランプの点いた車の列をぼんやり眺めつつ、あと一杯多くお酒を飲んでいたら、喧嘩に発展したかもしれないと思いながら。

「パーティでの二人の写真がすごく評判が良く、断トツで人気なんだそうです。コメント欄にも〝カッコイイ〟とか〝隣の人は誰？〟とか褒め言葉や疑問が並んで、いまでも閲覧数が多くてSNSでも拡散されているみたいなんです。なのでうちの広報がサイトのSNSにも載せたらいいのではって言ってきたんです。最近はアップした写真に〝いいね〟がたくさんついて人気になると、それだけでも記事が出てサイトのプロモーションになるので」

「私はもちろんかまわないですよ、顔も隠れてるし」

米原さんの提案を断る理由がなかった。件(くだん)の写真は私も見たが、確かに彩夏の表情は生き生きしていて、フォトグラファーも腕のある人だったのだろう、パーティの洗練された雰囲気を損なわずに撮れていた。ただ、載っている三枚ともギラギラしてどこか退廃的で、目元を隠されて彩夏に塗ってもらった赤いリップだけで笑っている私も異様に見えたし、そんなに人気とは意外だった。

「私は載せたくない。あのパーティから何日も経ってるし、この写真は明度も良くないし私の表情もありきたりだから、ＳＮＳに並ばせたくないよ。やめておく」

「そうですかね、二人ともお洒落で素敵だけど」

米原さんは残念そうに呟いていたが、私は彩夏が断った理由は写真の出来云々とは別にあることを知っていた。彼女は人の見ていないところでは大胆に私にいちゃついてくるが、いざ自分の私生活に私が深く関わっているのが露呈しそうな場面になると、きわめて用心深くそれが話題になるのを避けた。インタビューでも一人暮らしを公言しているし、報道陣がやって来る試写会などのイベントに私を呼んでも、彼らが近くにいる限りは私には絶対に話しかけず、視線さえ送ろうとしなかった。何があるか分からない世界だから、というのが彼女の口癖で、たとえ大多数の人が彩夏といる私を友人としか見なかったとしても、彼女は私と一緒にいる姿を同じ業界の人間に見られたくないらしかった。この前のパーティも同じ招待状が届くという偶然が無ければ二人で一緒に行くことも写真を撮ることもなかっただろう。

翌日、この写真は彩夏によってポスターサイズに引き伸ばされ、額縁に入れて我が家のリビングに飾られた。三枚の写真のうち、彼女が私のこめかみに唇をつけた写真だった。彼女の手で目隠しされた私には、撮られたとき彼女の顔は見えなかったが、その顔は想像以上に厳しく、カメラを挑むように見つめていた。

初めて有休を使って久しぶりに地元へ帰り、実家で真奈実と会った。高校生のとき以来の再会に真奈実と私の母親はテンションが上がっていた。

「あの初々しかった真奈実ちゃんがもう三児の母なんて感慨深いわぁ。よく学校から逢衣と一緒に帰ってきて、うちのリビングでテレビゲームとかしてたよね」

「あの頃はお世話になりました！」

子どものうち上の二人は幼稚園に行き、彼女は一番下のりょうくんだけ胸に抱いていた。

「ようやく二人とも幼稚園に上がってね、さあ楽できるかと思ったら、チビと犬の世話してるうちに、二人ともすぐ帰ってくるの。どうしようかと思うよね」

「真奈実も子どもたちや犬の世話ばかりじゃ大変だよね」

「ほんとだよ、ようやく自分の好きなことできるかと思って、習い事の教室とか調べてたのに、全部無駄だった。と言ってもまあ、習いたいことなんて別に無いんだけどね、勉強も練習も苦手だし。あんたと違って」

私としゃべりつつも手は忙しく動かして、りょうくんの口の周りを拭ってやったりしている真奈実は、愚痴をこぼしながらも表情は明るい。彼女の穏やかな笑顔に満ちた生活に触れると、自分は随分非現実的な生活をしているなと気づく。忙しいのは共通しているが、彼女の暮らしに比べて、私と彩夏の暮らしは連続性が薄い。明日もまたきっと同じことをしているだろうという安心感をあまり抱けない。何気ない毎日をこれからも積み重ねていくことでしか、その安心感は生み出せないのかもしれない。

「何言ってるの、私だって勉強も練習も苦手なの、よく知ってるでしょ」

「何をおっしゃいますやら、おっきな出版社にお勤めの逢衣さんが。編集者なんでしょ？　うちの高校でそんなのになれた人間なんて、多分あんただけなんじゃない？　高校のときはいつもつるんで遊んでた逢衣がこんなに出世するとはなぁ」

「そんな、アルバイトみたいなもので雑用ばかりだし、編集の仕事なんかほとんどやらせてもらってないよ。二十歳の頃から小さな命をたくさん育ててる真奈実は、私のなかで永遠の憧れの存在だよ」

「なに、いきなり褒め殺し？　テレるんだけど。そうだ、前に逢衣が言ってたタレントの子。荘田彩夏って言うんだっけ？　ようやく私も認識したよ。よくテレビに出てるね。何とかっていう洗顔料のＣＭにも出てた」

「そう、あの子。人気だけど真奈実はどう思う？」

「悪いけど私あんまり好きじゃないんだよね。澄ました顔してアイドルぶってるけどさ、なんか本性はガラが悪い、気が強いタイプの気がするんだよね。画面越しでも伝わってくる。なに、あんたファンなの？」

　私は返答に困りつつも親友の観察眼の鋭さに内心舌を巻いていた。

「あのね、私いま荘田彩夏と同居してるんだ。偶然知り合って仲好くなった」

「あんな子と偶然知り合うなんてことあるの？　しかも一緒に住むまで仲好くなるなんて」

「びっくりよね、私もさっき初めて聞いて驚いてたの」

　リビングで話していた私たちに、お菓子を持ってきてくれた母が割り込んだ。

「一緒に住むなんて、よっぽど気が合わないとできないわよね。しかも芸能人となんて。いつかこの子が追い出されるんじゃないかと思ってね」

「お互い家にいる時間も短いし、もちろん話したりはするけど別にお互いのプライバシーには踏み込まないから、気楽だよ」

「荘田彩夏の影響だかなんだか知らないけど、逢衣はだいぶ垢抜けたよね。女バスの部活帰りにコンビニでお菓子やパン買って食べてた時代の面影が、もうどこにもないじゃん。自分だけ痩せちゃってずるい、いまの私とあんたって十キロ以上体重が違うんじゃないの」

「確かに彩夏はあんまり食べないからそれにつられちゃってるのはあるかな。彩夏はこの頃は炭水化物を一口も食べないし」

「げっ、不健康。その彩夏ちゃんが写ってる写真とかあるなら見せてよ。テレビの画面で見るとそうでもないけど、実際に会うとほっそいんだろうなぁ」

私の携帯のフォルダに保存してある彩夏の写真は私が撮るのが下手なのもあり、ろくなものがなかったので、先日のパーティの主催元のＨＰを開き、フォトグラファーに撮ってもらった例の写真を見せた。

「はい。私も写ってるけど」

「ありがと。わ、おっそろしい写真だね！」

「なんで？　幽霊でも写ってる？」

「幽霊じゃなくてあんたたち二人がこわいの。なんで彩夏はこっち睨んでんの。こういう写真撮るときは普通笑顔になるもんでしょ」

どうやら写真でも私たち二人の不穏さは伝わってしまうようだ。母も携帯を覗き込んでくる。

「どれどれ。あら、懐かしい。この子、昔の暴走族みたいな目つきしてるね。〝なめんなよ〟でしょ、これ」

「暴走族よりはお洒落でしょ」

「着飾ってても視線の質までは変えられないわよ。眼(ガン)くれるってやつね。昔はこういう目の若い子が街の色んなところでたむろしてたものだけど、最近は見かけないね」

やたら感慨深げな声で言うから、母もかつては属していたのかなとも思ったけど、あんまり知りたくないので訊くのはやめた。

「前の逢衣なんてほんと単純で、ぽかんとした顔してたのに、今はなんかミステリアスな色気が出ちゃって、置いてかれたみたいでさびしいよ。香水までつけちゃってさ。昔は香水はクサい化粧すらクサいって言ってなんにもつけなかったのにね。良い香りだね、どこの？」

私はつけてないからきっと彩夏の香りが移ってしまったんだろう。いつも彩夏のドレッサーに置いてあるのは見かけていたが、もともと興味が無かったので商品名が分からなかった。

「ガラスのシンプルなボトルで、緑の蓋の……」

「なにその曖昧な表現！　名前も知らずにつけてたの？」

真奈実にすぐ見抜かれて私は仕方なく笑った。

香水の量の目安としてよく書いてある、両足首にワンプッシュずつ、みたいなレベルからは彩夏はかけ離れていた。彼女は香水を、私には〝虫よけスプレーか？〟と感じられるくらいに一回で膨大な量を使った。ドラマの撮影でキスや抱擁のシーンもあり、人と接触する職業だからと彼女は言ったが、私は別室にいても彼女が香水を使った瞬間が分かった。一緒に暮らし始めた当初は彩夏の近くにいると酔いそうだと思ったが、フレッシュで甘すぎない爽やかな香りだったので慣れて好きになり、それは良かったのだが、香りは共に住んでいる私にもどんどん移ってきて身体に染みついたようだ。

「ルームシェアもいいと思うけどね、あんまり長く友達と一緒に暮らしてると、逃すよ。もう丸山先輩と別れてから一年近く経つんだから、そろそろ次の恋人見つけないと」

「真奈実、前は〝ある程度の節度は必要〟とか言ってたのに」

「あれは別れた直後でしょ。今なら丸山先輩に気兼ねする必要ないよ、あっちだって今の彼女と上手くいってるみたいだし」

「えっ、そうなんだ」

私の反応を見て真奈実はあわてた。

「あれ、もしかして知らなかった？　じゃあ余計なこと言っちゃったかな。いや丸山先輩また高校が同じだった娘と付き合い始めて、ここら辺りだと噂の回りも速くて……ごめんね、ぽろっと言っちゃった」

「ううん、知れて良かった。颯が幸せなら私はそれ以上嬉しい、ありがたいことはないよ。颯を苦しめたくせに、こんなこと言える立場じゃないけど」

笑うと口角が綺麗に吊り上がり大きな口を思い切り開く颯の顔が浮かんできた。私の大好きだったあの笑顔。どれだけお世話になったか分からない。

「私たち、天空の城に引っ越せるよ！」

と告げたとき、彩夏は誇らしげだった。

「うちの事務所は所属タレントを最初は寮暮らしさせて、ある程度売れてきたら事務所名義のマンションをただで貸してくれるんだ。それが今住んでるここなんだけど、さらにもっと売れて第一線で活躍してると認めてもらえたら、タレントのみんなが噂してる〝天空の城〟って呼ばれてるタワマンの一室に住まわせてもらえるんだよ」

「そんなラピュタみたいなとこに住みたくないよ。このマンションは十分住み心地が良いし引っ越しする必要性を私は感じてないけど」

現在の住まいが気に入っている私にとって彩夏からの発表は必ずしも朗報ではなかった。彩夏はいまの部屋を〝二人で住むには狭いね、ごめんね〟などと謝ったことがあったが、私にとっては十分すぎるほどのスペースだし、彩夏がいない間さびしさを紛らわすためにもインテリアや内装にこだわり、私なりに暮らしやすい雰囲気を作り上げてきた部屋でもあった。この部屋には彩夏との出会いからの思い出すべてが詰め込まれている。

しかも私はいま毎月家賃を払ってはいるが〝私も無料で住んでるんだから〟という彩夏の言葉に甘えて、本来の家賃の半分の額には全然足りてない額しか彩夏に渡せていない。そんな芸能人の間でも噂になるようなタワマンに住むとなると、いよいよ今度こそ無料で住まわせてもらうに等しいことになってしまう。私は彩夏の仕事を手伝っているわけでもないのに。

「逢衣も実際に住んでみたら絶対に気に入るって！　一度事務所の大御所の先輩の家に遊びにいったとき、見たことあったんだよね、三十五階建てタワーマンションの最上階。部屋は広くて天井は高くて、ホテルでもないのにルームサービスの提供があるんだよ。住人専用のジムもあるし、エントランスにはコンシェルジュもいる。事務所は一人暮らし用の部屋として借りてくれたけど、今まで通り二人ででも十分住める。あと逢衣の通勤にも便利なの！　そのタワーマンションからだと、二十分かからずに職場に着くよ」

「近くなるのは嬉しいけど、今の距離でも遠い感じはしないよ」

「あとね、内部の動線が良くてスムーズに一階玄関からうちまで上がれるし、最上階に住んでても移動に時間があんまりかからないんだって」

「駅まで徒歩一分なら、マンション内の移動の時間くらいどれほどかかってもいいよ」

「そう言うけどさ、毎日エレベーターで下まで降りてその上共同玄関まで長い廊下を歩くとなると段々面倒になってくるんだって。って事務所の人が言ってた」

お金持ちの利便性への追求の激しさに半ば呆れながら、私は物件情報の用紙を気乗りしないままに眺めた。

「あとさ、ちょっと最近ここのマンションがファンの人にばれたみたいで、ちらほら来てるらしくて」

「えっ、そうなの？　全然気づかなかった」

「私も気づかなかったんだけど、舞台挨拶とかにいつも来て小さいプラカードを持って最前列にいる人がこのマンションの出入り口に立っているのを、米原さんが何回か見かけたんだって。もうすぐ接触してくるかも」

「ほんとに？　こわいね」

「うん、だから良いタイミングかもと思ってね。越した先でもいつまで住めるかは分からないけど。あ、今度のタワーマンションでは夏に普段では入れない屋上にのぼって、お台場の花火大会も見られるらしいよ。事務所の人が管理組合の理事と知り合いで、毎年誘ってくれるらしいの。一緒に行こうよ」

二人で花火を見ている光景が頭に浮かび、気づいたら笑顔で頷いていた。


引っ越し業者が荷物を運びこんだあと新居を訪れた私は、ごちゃごちゃ言っていた時間が無駄だったと感じるほど、これから住む家の素晴らしさに度胆を抜かれた。

まず目を惹くのが窓からの景色だ。横長の壁一面のワイドな窓からは、東京の夜景がすべて見渡せた。正確に言えば全景ではないのかもしれない。しかし私にとってはほとんど全景と同じだった。東京タワー、スカイツリー、六本木(ろっぽんぎ)ヒルズ、遠くに新宿(しんじゅく)のビル群、それらは雑然とした街並みのなかで宝物のように煌(きら)めいて突っ立っていた。昼間なら彼方に富士山も見えるらしい。遠くのビルに映る大型ビジョンの広告が、巨大な部屋にある一つのテレビみたいに、色々な映像を矢継ぎ早に流している。真下では赤銅色した血管みたいな高速道路のカーブをテールランプの点いた車が次々と走ってゆく。もし都会が巨大な一つの生命体だとするなら、高速道路は大動脈、走る車は赤血球や白血球を連想させた。

周りに高い建物は少なかったが、唯一隣に立っている高層ビルでは、広いフロアでスーツ姿の人たちが忙しそうに仕事をしていた。窓が大きく室内照明が一際明るいので、中が丸見えだ。ビルばかりでごつごつして無機質な、それでいて夜も眠らないエネルギーを湛えた東京の夜景は、終わりなど無いみたいにどこまでも広がっていた。

街全体の息づいて脈打っている感じに、私はわくわくするより先になぜか切なくなった。どの窓の明かりの奥にも人間がいて、その一人一人が嬉しかったり哀しかったり、それぞれ自分なりのドラマを抱えているのだと、その果てしなさと健気さに、私や彩夏もまたその一人なんだと胸がつまる。

ベランダに出ようとしたけど、サッシを開けただけで明らかに地面に立っているときとは違う、まさに天空を飛んでいるような風を切る音がしたので、すぐに閉めた。天井は高く声が反響し、前の家からほとんど捨てずに家具を持ってきたのに、すべて配置しても殺風景に見えるほどリビングの空間は余っていた。

「分かった、家具の大きさからして違うんだ。もっとスケールの大きい家具で揃えなきゃ貧相に見えるんだよ、この広さの部屋だと」

「私は広く使えた方がいいからこのままでいいな。あー気持ち良い、憧れ続けた部屋にじっさいに住めるなんて最高だよ」

「まずはカーテンを買わないとね。前のマンションのカーテンじゃサイズが合わない、丈も足りないから陽が入り放題になっちゃう。ここまで高層階なら人目は気にしなくて良いし、寝室も別にあるから急ぎじゃないけど」

「そうだ、今度撮るドラマでダンスのシーンがあるんだけどさ、練習に付き合ってくれない？　昨日初稽古だったんだけど、あんまり上手くできなくて。荷物を解かないいまが一番広いから、いまのうちに踊ろう」

「私も一緒に？　一人で練習すればいいじゃない」

「チークダンスだから相手が必要なの。大丈夫、逢衣は私と身体合わせて一緒に揺れるだけでいいから」

　本音を言うと、慣れないダンスなんてしたくなかったが、彼女に仕事面での頼まれごとをされるのは稀（まれ）なので覚悟を決めた。

「よし、じゃあ引っ越し祝いの舞を踊ろう」

「なにその言い方。別れる前の男女が地下のダンスホールでセンチメンタルに踊るシーンなんだよ、気持ち入れてやってよ」

「はいはい、ムーディーにね」

「やる気ないでしょ」

彩夏は唇を尖らせる。

「上手くできる自信がないんだよ、踊ったことがないんだもん」

正直に気持ちを打ち明けると、彼女は笑いだして私の背中を叩いた。

「そんなに構えないで気楽に付き合ってよ。難しいことは何も頼まないよ。靴取って来るからこれセットしておいて。逢衣も何か履く？」

「いいよ、私は裸足で」

手渡されたＣＤ－ＲＯＭには黒マジックでXAVIER CUGATと殴り書きがあり、私にとってはそれが彩夏の出演する作品名なのか、それとも曲の名前なのかさえ分からなかった。プレーヤーにセットして再生を押すと音楽が流れてきた。パイナップルの黄色みたいに陽気でシャキシャキして開放的なイメージの、ラテン音楽だ。

「あ、この曲の次に入ってる曲が、踊るシーンに使う音楽ね」

彩夏は部屋から持って来た、ベージュのペディキュアを塗った爪先の見える黒のスエード地のピンヒールを履いている。床にかがんでアンクルストラップを留めている彼女の足元を眺めながら私は、ドラマでは自分と違う別の男の人と踊っている彼女を見て、もしかしたら自分は妬(や)くのかもしれないなどとぼんやり考えていた。

次の曲が始まり彩夏が立ち上がった。古い時代のラテンの曲を収録したような温かみのある音色が響く。一番目の曲の方がよっぽど踊りやすそうなのに、と思ったのも束の間、曲調は明るいのにどこか物憂げなメロディが殺風景なリビングを満たし、場の雰囲気を一変させたその曲に、乗り気でなかった私も心を動かされ、気が付けば立ち上がっていた。

彩夏の差し出した手を握り身体を重ね、音楽に合わせてぎこちなく揺れる。彩夏の頬から首にかけて、剝きたてのオレンジのような香りがした。伏し目がちに微笑んでいる彼女とは視線が合わず私も彼女もお互いの足を見つめた。

私の素足は黒のピンヒールを履いた彩夏の足に囲まれ、曲に合わせて少し不器用に行きつ戻りつしている。ヒールのせいでいつもより背が高くなっている彩夏は私を抱きかかえるように、ゆっくりしたステップでゆるやかに円を描きながら広々とした板張りのリビングを移動した。初めてなのになんとか上手く踊れているのは彩夏のリードがあってこそで、私の肩と腰を抱く彼女の腕が力を込めずとも進むべき方向へ優しく導いてくれる。地に足がつきながらも浮遊しているようで、私たちは広い新居のなかをふわふわと漂った。

エアコンをつけ忘れた部屋は肌寒かったが、彼女との踊りを中断したくなかった。高音でなめらかに奏でるバイオリンや木琴の優しい音色、南国的な音の打楽器のリズムなどで構成されているまろやかなメロディは、引っ越しで疲れている身体の眠気を誘う。ターンする度に窓から見える夜景は、色とりどりの明かりで賑やかにいつまでも、どこまでも続いていて、気が遠くなりそうなほどだった。街の明かりの数だけ人がいるのは分かっているのに、こう高い場所から眺めていると、世界にいるのは私と彼女だけみたいだ。

広い襟元が踊っているうちにずれて、彼女の露出した右肩が部屋の照明の明かりを集めて丸く光っている。ここは私の住むべき場所ではないのかもしれない。この人は一緒にいるべき人ではないのかもしれない。でも三十五階のこの部屋で彼女とゆっくり踊り回っているいまほど、生の喜びを味わえるひとときを私は思いつけなかった。

ダンスを終えると、彩夏は前の家から慣れ親しんできたソファに寝転がり、おいでおいでとジェスチュアをした。彼女はニコニコして油断させておいて、仕留められる距離まで私が近づくと突然腕を強く引っ張り、ソファに倒れ込ませた。

彩夏の唇が私の唇に重なる。私が逃げないように赤くとがった舌を絡ませて呼吸すら奪ってくる。一体いつスイッチが入ったのか。私は首を左右に振り、

「まだ部屋も満足に見てないうちからどうしたの」

「まずはマーキングしないと」

「犬なの？　ていうか、これマーキングしてるって言うの？」

　彩夏は目をぎゅっとつぶって私の頬に鼻を擦りつけてきて、私は彼女がこの家ではなく私にマーキングを施しているのだと気づいた。

「ほんとは私、不安だったんだよ。逢衣は成り行きで私のところに住むことになったけど、引っ越してもちゃんとついてきてくれるのかって。前のマンションの方が気に入ってるとも言ってたしね。なのにこうしてちゃんとついてきてくれて、カーテンの心配なんかしてる。逢衣のそういう現実的で地に足のついたところに、なにより癒やされるよ。ほんとに逢衣って健気さといたいけさと痛々しさが絶妙に交ざりあって渦を描いてるね。なに食べて育ったらそんな風になれるの」

「子どもの頃から玉ねぎは好きだったかな」

「玉ねぎが秘訣だったんだね。それなら私はこれからは一日一個食べるようにするよ」

「玉ねぎを切ると目が痛くなって涙が出てくるでしょ。硫化アリルって成分らしいんだけど、多分あれのおかげだな」

「じゃあ玉ねぎは生でバリバリいく派になるよ。水にもさらさずに玉にかじりついて涙流しながら食べる」

「その意気」

　引っ越しの疲れと浮かれがないまぜになった私たちは、ずいぶんいい加減な会話をしていたが、それも心地よかった。

「私は最近でこそなんとか世間に相手にされてるけど、それまでは見向きもされなくって、やっぱりそのときに色んな経験してきた。もしかしたらそういう経験の積み重ねもあって、その結果、逢衣を見て一瞬で好きになったっていうのはあるかな」

「一目惚れってやつね。どういうところが良いと思ったの？」

私は上機嫌で尋ねた。

「うーん。眉間が明るい」

「なにそれ!?」

もっと分かりやすいところを褒めてほしかったけど、彩夏が微笑んで眉間に唇を当ててくれると、多分そういう意味ではないのは分かっているけど、これからも眉間の毛は常にちゃんと剃っておこうと心に決めた。

私は彼女に後ろから抱きつき、彼女の臍辺りで両の手を組んだ。女の私でも易々と摑めてしまう彩夏のか細い腰は、私の自慢でもあり痩せすぎではないかと心配でもあった。ヴィーナスのえくぼ。彩夏が少し背を反らせると現れる、腰と尻の間、背骨の線を挟むようにして左右対称の窪み。そこに手を置いて彼女の細いウエストを摑むと強烈な酒に酔いしれるような最高の気分になった。

彼女の衣服を脱がすとき、膝が好きだからつい見てしまう。完全にあのバカなサイコロゲームが発端で始まった偏愛だから、恥ずかしすぎて彩夏には秘密だ。膝の裏の、脚を折り曲げたときの太腿の裏とふくら脛(はぎ)の裏がくっついているときに間にできる、一本の柔らかい線も見ごたえがあるし、常に触れたいと思っていた。男性たちは彼女の整った顔や膨らんだ胸ばかりに目がいって、おそらくこの小さな膝頭の魅力には気づいていないだろうという優越感もあった。

だらしなく開いているよりも私は二つの膝小僧がしっかりくっついて並んでいる様子が好きだった。私は彼女の膝が勘違いして左右へ開かないよう軽く両膝を手のひらで押さえて閉めると、二つの膝の狭間に自分の唇を埋めた。

自分ではさりげない流れのつもりだったが、視線を感じて目線を上げると、彩夏がすごくにやにやした顔で私を見下ろしていた。

「恋に落ちた味を思い出す?」

こういう反応をされるのが嫌だったのに、予想していた通りになってしまい、私は気まずい思いで膝から離れた。

「いいよ、好きなだけ続けて。サイコロの目が揃わなくても、今日は特別に許すよ」

彩夏が差し出してきた膝小僧を私は平手で叩いた。

彩夏はソファに片肘をついたまま、もう片方の手で非常にゆっくりとだるそうに私の服を脱がせた。彼女の口元に浮かんだ薄笑いと情欲に潤んだ目が手の動きとはまるで違う本気度を表していて、私は彼女がただただ私の羞恥心を煽るためだけにゆっくり衣服を剝いでいるのだと気づいた。

性質の悪い人だなと思いながら私は一つ一つのボタンをなぞりながら外してゆく彼女の指を俯いて見つめていた。

突然彼女はボタンが四つまで外れた私のシャツの胸元を引っ張り自分の顔を埋めるとシャツのなかの空気を吸い込んだ。

「あー、たまんない」

「変態」

「もうさ、私のおかげなんだろうとは分かってるけどさ、最近の逢衣の色気がひどい。危険水域レベル。それ以上水位が上がったら外出禁止だからね」

「何言ってるの。しかも彩夏のおかげって何？」

恥ずかしいから言わないけど、確かに私の瞳の色を変えたのはあなただ。私は自分の内部が蕩けていることを瞳で素直に表現する快感を、いまはすでに知っている。あなたが目の前でそれを実践して、私に教えてくれたからだ。

初めは単純にくすぐったかっただけだったが、こめかみから顎、首にかけて丁寧に唇を押し当てられて、爪で軽くひっかくように肩や胸の脇、おへその横や下を触られていると気だるさのなかにも敏感になりきっている身体が反応し始めた。彼女が耳朶を舌先でなぞったり、くわえたり、複雑な骨格に唇を這わせゆっくりため息をもらしたりすると、私は完全に陥落して眠気を手放し、彼女の腰を抱き寄せた。彩夏は誘うのが上手い。冗談か本気か分からない態度からまず始め、様子を見ながら弄ぶから、私の方が先に本気になってしまう。

果てが無い。肉体的にはしっかりと交わり合えない分、終わっても少しの物足りなさが尾を引き蓄積されて、すぐにまたもっと欲しくなる。睦み合いの区切りはドアではなく障子でできた衝立のように曖昧で、私たちは手を繋いでいくつもの衝立の脇をすり抜け、段階を進めてゆく。

「最近この髪型やらなくなったね」

私は彼女の髪の毛を二つに分けて彼女の頭の上の方で摑んだ。

「ああ、あれは二十五歳までっていう契約だったから」

「契約?」

「うん、二十歳のときから関わってた海外企業の広告モデルの条件の一つにあったの。あっちの契約書って訳わかんないほど変な制約があるんだよね。でも二十六で契約が終わりを迎えて、でも個人の自由でもちろんいくらでも続けていいんだけど、事務所がもう年齢的にきついからやめた方が良いって言ったから従った」

彩夏は三ヶ月前に、二十六歳の誕生日を迎えていた。

「全然まだ似合うと思うけど、あの髪型」

「んなわけないよ。顔がどんどん年老いてくのに髪型だけ若いなんて、ホラーじゃん」

彩夏は身震いした。彼女のいる世界はどんどん若い人が出てくるから感覚が違うのかもしれない。

「二十六のうちから何言ってんの？」

「二十五過ぎたあとの自分なんて、想像もしてなかった。ねえ、私って三十歳になれるのかな」

「誰でもただ毎日寝て起きるだけで三十歳になれますよ。資格は必要ありません」

「でも本当に想像がつかないの、三十代になった自分が。もちろんなりたくない、年を取りたくないっていうのもあるんだけど、いままで三十歳以降も生きているという前提で生きてこなかったの。長生きしても三十歳までで、雷に打たれたり事故に遭ったり、精神を病んで自殺したりするだろうし、って子どものころから思ってて、三十歳が結構近づいてきた今になってもその感覚が残ってるの」

「三十どころか四十、五十にも六十にもなるよ。そのころの彩夏は今の体重の三倍重くて顔はしみだらけ、皺だらけ。いや無駄な抵抗で若返り手術を施して、顔面が美容注射でパツパツになってるかも」

「やめて〜！　どんなホラー映画より恐いんだけど！」

「大丈夫だよ。私は彩夏の顔がどれだけパッパッになっても側にいるから」

「そのころの逢衣はどうなってるの？」

「瞼が垂れてきて目が三角になって、代わりに顎は贅肉で四角になってる」

「パッパッよりひどいじゃん」


私たちは鏡を持ってきてお互いがどんな風に老けていくか詳しく予想し合った。彩夏はとりあえず明日美容皮膚科に行きアンチエイジング効果の高いリンクルクリームを処方してもらうことを決心し、私は顔の筋肉を引き締めるためにベロ回し運動を今のうちから毎晩行うことを決定した。

マンション内を一人で見て回った後、彩夏の仕事終わりの時間が近づいてきたので、どう見ても自分にはそぐわない、タワーマンション地下の豪華な広い車寄せで私は彼女の車が到着するのを待った。先に着いた黒塗りの高級車から住人が降りて、オートロックをキーで解除してマンションのエレベーターに乗る。地下には駐車場の他に簡易なジムや会議室、パソコンルームなどもあり居住者が好きに利用している。一階ロビー横の吹き抜けの共用スペースには、海外から取り寄せた希少なピアノが設置されて、月に一度ジャズピアノコンサートが開かれている。人生で初めて接するような、このタワーマンションのハイレベルさに心もとない気持ちになる。そりゃ自分で勝ち取ったものでもなんでもないのだから上手く馴染めなくて当然だ。こんなところに住めるのはすべて彩夏の、ひいては彼女の所属している事務所のおかげで、私の努力は一つも関係していない。

足が疲れてきて駐車場の無機質な壁にもたれながら、もっと稼げるようになりたいな、と思った。もう誰かに養ってもらおうなどと思っていないつもりだったが、それでもやっぱりどこかで甘えきっていたと今になって気づいた。自立しなければ。とはいえ寝る時間を惜しんで働いたって、私一人の実力ならこんな場所には一生住めない。駐車場にずらりと並ぶ高級車に乗っている人たちは、一体どんな人生を歩んできたのだろう。

しかしその日、彩夏はいつまで経っても帰ってこなかった。夜遅くに彼女から連絡があり、私はあわてて着替えるとすぐに彼女の事務所までタクシーを飛ばした。

私は米原さんから渡された記事を最後まで読むと、向かいに座って私を睨んでいる彼女の目を見つめ返した。記事をコピーした紙は伏せてティーテーブルの上に置いた。

「今日うちに届いた記事で、内容は同じまま明後日(あさって)週刊誌に載ります。ただ記事と一緒に掲載するといって送ってこられた写真五枚のうち、三枚はこちらで引き取り掲載しないことであちらとも合意しました。このもみ消しのために多額の資金が必要となり、こちら側が混乱状態にあり、サイも憔悴しきって、一緒に話せる状態ではないのです」

米原さんの隣に座っている、初めて会った統括部長を名乗る人が口を開いた。

「私たちは今回のあまりの彩夏のプロ意識の低さに失望しました。彼女にあなたと別れろと通告すると、絶対に嫌だ、何がなんでも別れない、と言い張るんです。契約時の約束を破り簡単に私たちの努力を無にしようとする彼女を、私たちが許すわけないのに、自分の立場が分かっていないようで彼女は激昂しました」

「サイは話になりません。南里さんならサイよりはきっと私たちの話を分かって下さるかなと思い、今日こちらに来ていただきました」

オフィスＮＪの事務所の応接室で私は、テーブルを挟んで正面に米原さんと統括部長、そして部屋の壁際に立つ六人の厳しい顔をした社員に取り囲まれていた。どういう立場の人たちなのか分からないが、六人のうち二人は堅気とは思えない鋭い眼光で、私を怖気づかせるために居ることは明白だった。

「大騒ぎするほどの記事とは思えないんですが。憶測ばかりだし証拠もない。男女で住むならともかく同性の友達同士が住んでて恋愛関係にあるとは普通思わないと思います」

「こういった記事は後追いで第二弾、第三弾と書かれるうちに内容は詳細になり、取り上げられる規模も大きくなってきます。またこの記事を見て彩夏のスクープを撮りたいと思った記者が、彩夏だけでなくマンションに出入りするあなたの写真も撮るようになるでしょう。あなたたち二人は引っ越した直後ですがそれでも住所は既にばれています」

部長はそこまで話すと黙って三枚の写真を私に渡した。

写真で私は私を抱きしめている彩夏と思いきり唇を合わせていた。もう一枚は、彩夏が抱きしめた私の頰に唇を寄せていて、私は気持ち良さそうに目を細めている。最後の写真では彩夏が私の胸をしっかり摑んでいた。至近距離の明るいなかで撮られたそれらの撮影場所は明らかに私たちの前の家だった。そして彩夏の着ているTシャツは彼女がこの日しか着たことがないからいつ撮られたかも分かる。凜ちゃんを家に招んだ日だ。

「私たちがもみ消した写真です。この写真を見て二人が友人同士だと思う人は少ないでしょう。この写真が撮られたときについて心当たりはありますか？　見たところ以前お二人が住んでいたマンションの部屋で撮られた写真のようですが、最近部屋に誰かを招んだことはありますか？」

最近ではないけど、私たちの部屋への来客は、いままでただ一人だ。私は口を開きかけて戸惑った。彩夏から聞いた凜ちゃんの様々な苦労話が頭を駆け巡り、なかなか言葉が出ない。葛藤に疲れ私は名前を出すのをやめた。

「分かりません」

「分からないってことはないでしょう、よく思い出してみてください。彩夏も知らないうちに撮られたから覚えてないの一点張りで、口を割らないんです」

「私もいつ撮られたのか分かりません」

部長はため息をついた。

「まあいいでしょう。リークした人間が誰であれ私たちの敵はその人間だけではありません。彩夏はこの業界でいま良い位置で活躍できているので、足を引っ張ろうと有象無象が狙っているはずです。特に彼女はいままで男性関係のスキャンダルは一つも出たことが無いので、ようやく来た機会を逃さないと息巻いている連中は多いでしょう。この世界では本当にくだらないスキャンダルでも巧みにやれば活躍中の人間をその座から引きずりおろすことができますから」

「南里さん、部長はあなたを脅すためにおおげさに言ってるのではありません。私もまったく同意見です。サイは無傷で活躍していたからこそ、ささやかな傷でも致命傷になり得ます。

また私たちはこのことをサイのお母様にも報告しましたが、絶対に即刻別れさせてくださいと、強い言葉をいただきました。私どもを信頼してサイを中学生のころからこちらに預けてくださったお母様の気持ちに応えるためにも、私たちはサイとあなたの交際を認めることはできません」

「大変な事態になったのは分かりますが、あまりにもいきなりで一方的ではないですか？　彩夏はどこに居るんですか。二人で話し合いをさせてください」

「会わせることはできません。彼女はここにはいなくて、私たちの用意した場所に身を置いています」

私に明日にでもマンションを出ていき、自分たちの用意した別のマンションに仮住まいするよう念押しした彼らは、今晩は事務所で彩夏を預かるからと言い、席を立った。

まだ現実に頭が追いつかないけど、マンションに戻ると私は息つく暇もなく自分の荷物をまとめた。引っ越してすぐで、まだ荷ほどきがすべて完了していなかった私の荷物は、段ボール箱に入ったままのものもあり、すぐに七箱分に収まった。翌朝宅配便に集荷に来てもらうことにして、送り先を事務所からもらった住所ではなく自分の実家にした。

部長と米原さんが言っていたように、とりあえず私がここに居て良いことは何一つない。彩夏に電話しても案の定留守電に繋がるばかりで、もしかしたら私は彼女にもう二度と会えないのだろうかと思うと、全身の血が足元まで引いた。昨日まで同じベッドで眠り早朝の仕事に間に合うよう叩き起こして、まだ眠そうなところを朝食を口に押し込んで送り出した彩夏。玄関で唇をつき出してねだるから、チュッと大きな音を鳴らしてくちづけたら、彩夏の笑顔がはじけた。

『いってきます！』

これまでの日常と何ら変わりなくバイバイと手を振って別れた彼女と、もう二度と会えないなんてことがあるのだろうか。

彼女が不慮の事故で他界してしまったのならあり得るだろう。しかし私の彩夏はまだ死んでいない。生きている限りは絶対に会える！

実家に戻ってから二日間、彩夏からも事務所からも連絡は来なかった。一体どうやって過ごしたのか分からないくらい、混乱した意識の濁流のなかでひたすら連絡を待っていた私は、家族とどんな会話をしたか、出社したもののどんな仕事をしたのかを記憶できずに、ほとんど一睡もできないまま時間だけが過ぎ去っていった。テレビでもネットでも記事のことが話題になっているのだろうが、メディアの一切を遮断した。

彩夏は名前も顔も出てバッシングされているのに、私は一般人ということで守られて日常が何一つ変わらないことに、罪悪感を覚え、口惜しいし恥とさえ思った。

私も彩夏と同じ立場だったら、彼女はもっと心強かったかもしれないのに。

でも、私は私自身の匿名性を最大限利用して、私たちの未来のためにしぶとく生き続けるしかない。

（下巻に続く）

本書は、二〇一九年六月、集英社より刊行されました。
初出「すばる」二〇一九年二月号～三月号
ＪＡＳＲＡＣ出２２０１７９４－２０１

集英社文庫

生のみ生のままで　上

2022年6月25日　第1刷

定価はカバーに表示してあります。

著　者　綿矢りさ

発行者　徳永　真

発行所　株式会社 集英社

東京都千代田区一ツ橋2-5-10　〒101-8050

電話　【編集部】03-3230-6095

【読者係】03-3230-6080

【販売部】03-3230-6393（書店専用）

印　刷　大日本印刷株式会社

製　本　大日本印刷株式会社

フォーマットデザイン　アリヤマデザインストア　　マークデザイン　居山浩二

ISBN978-4-08-744395-0 C0193